開城工団の人々

毎日
小さな統一が
達成される
奇跡の空間

キムジヒャン＝著
塩田今日子＝訳

地《ち》湧《ゆう》社

開城工団の人々

毎日小さな統一が達成される奇跡の空間

訳者まえがき

南北朝鮮の統一と日本の役割

『開城《ケソン》工団の人々』は、韓国と北朝鮮の合弁事業である開城工団で働いていた韓国人の証言の記録です。開城工団事業は二〇〇〇年に始まり、南北関係の悪化によってさまざま紆余曲折を経ながらも、二〇一六年二月まで続いていました。

開城工団では、政治体制も、考え方も、生き方も全く異なる南北の労働者たちが、突然共に働くことになりました。彼らは同じ民族であるにもかかわらず、政治的には七十年も敵対関係にあったのです。しかし彼らは互いにぶつかり合いながらも、少しずつ互いに対する理解を深めつつ、協力し合うことを学んできました。

世界中にはさまざまな対立や紛争があり、未だに出口が見えない状態が続いています。どんなに強大な軍事力をもってしても、自分の敵を完全に壊滅させることはできません。これから世界は、自分の敵と「敵対」するのではなく、「共存」する方法を模索しなければならないのです。そのヒントとして、この開城工団での体験談は、とても重要な示唆を与えてくれるはずです。すなわち、「自分の敵との共存」の実現可能性についてと、そのための実践的な方法論についてです。

互いに敵対するものは、正反対であることが多いのですが、それは言い換えれば、互いに自分にないものを持っているということです。すなわちお互いに補い合える存在であると言うことができます。もしも、敵同士（互いに補い合える人々）が、喧嘩をするのではなく、協力することに転じたら、そこにはとてつもなく素晴らしいエネルギーが生れることでしょう。開城工団での体験談がそのことを語ってくれています。これは個人と個人、男と女の関係においても言えることです。

このように、この本は単に南北朝鮮の問題にとどまらず、すべての人々にとって、これからの世の中を生きる上でも大変参考になるものです。これが、私がこの本を翻訳しようと思った第一の理由です。

もう一つの理由は、南北朝鮮の統一に関してです。

南北朝鮮は同じ民族でありながら、第二次世界大戦後の世界情勢の中で、南北に分断され、引き裂かれた離散家族が互いに連絡を取ることすら難しい状態が続いています。戦前、朝鮮半島を植民地支配してきた日本には、この分断に関して、直接的ではないにせよ、責任の一端があることは否定できません。ですから、日本には南北の統一を手助けする義務があると私は思うのです。開城工団は、「毎日小さな統一が成し遂げられている奇跡の場所」と言われます。その開城工団について日本の方々に広く知っていただければ、少しでも南北統一の手助けになるのではないか、と思ったのが第二の理由です。

この本にはその他にも、ベールに包まれた北朝鮮の普通の人々の日常についてのエピソードなど、興味深い内容がたくさん含まれています。

ぜひ、多くの方が開城工団について知ってくださって、今まで敵対していた人々が互いに協力し合える世の中を創るきっかけとなれば、と思います。

塩田今日子

推薦の辞

北朝鮮を理解する第一歩

私は北朝鮮社会で相当に地位の高かった脱北者である。北朝鮮社会についてだれよりも総合的かつ正確に評価することができると自負している。

韓国社会で北朝鮮社会についてまともに書かれた文章や本を見たことがない。まともどころか、とても目を開けて見ることができないほどであった。歪曲と塗り隠しの一般化はもちろん、とても論文とも、書物とも言えない文章が堂々と印刷され、まかり通っていることが信じられなかった。北朝鮮に対する総体的な無知が南北関係と統一問題全体を歪曲していた。あとになってやっとわかった。「一日でも北朝鮮の悪口を言わなければこの社会はまともに回って行かないのだな」と。しかし私はこのたび送られてきた『開城《ケソン》工団の人々』の原稿を読みながら、まともな北朝鮮社会の理解と評価を見る思いがして驚きを禁じ得なかった。

『開城工団の人々』は開城工団に対する北朝鮮の理解と労働者たちの内実をよく描き出している。北朝鮮の体制と社会、人々を実際に体験してみることなしには分析、評価しづらい部分をしばしば発見し、さらに驚いた。北朝鮮を科学的で客観的に理解する北朝鮮の脱北者ならば多分このような叙述と分析に多いに共感することだろう。

北朝鮮をまともに理解している本に出会えて本当にうれしい。分断という状況の中で北朝鮮はあまりにも多く歪曲されている。どこからどう説明すればいいかわからないほど無知と歪曲が深刻だ。敵対と対立、非難とけなし以外は存在しない。本来知らなければならない平和と統一の対象としての北朝鮮の姿はほとんど知ることができない。

北朝鮮の人々は他人ではない。まさに我々だ。南と北は少しの間分断されているだけで、もともとは一つの同胞、一つの家族、一つの兄弟姉妹だ。彼らはまさに我々自身、私自身だ。北朝鮮を他者化、対象化する分断を克服しなければならない。その最初の端緒が北朝鮮に対する正確な理解と認識である。この『開城工団の人々』は単なる開城工団だけの話ではなく、北朝鮮社会全体と北朝鮮同胞を正しく、まともに理解するのに大きな助けとなるだろう。

平和を願うならば、悲劇の分断体制を本当に克服しようとするならば、国民すべてが共に構造的に幸福になろうとするならば、必ずこの本を読んでみることを勧める。合わせて私はこの本を北側にも推薦しようと思う。南北関係を完全な平和へと導いて行こうとする巨視的な解答がそこここにちりばめられている。一読を勧める。

慶北大学大学院哲学科　キムソンリョン

はじめに

火星から来た南と金星から来た北が作り出す小さな奇跡

アカシアの花の香りが街中を埋め尽くしていたと思ったら、いつの間にか夏がぐんと近づいてきました。今年もそんなふうにアカシアの残り香とともに六・一五南北共同宣言記念日が近づいてきます。分断以来五十五年ぶりにはじめて南北首脳同士が出会って民族共同体の復元のために努力すると約束したその日がもうすでに十五周年を迎えようとしています。

六・一五共同宣言の精神に基づいて離散家族訪問団の交換、南北長官級会談、南北経済協力推進委員会の構成などが実現し、南北分断で断絶していた京義《キョンイ》線と東海《トンヘ》線の連結のための復元工事にも着手しました。そして……南と北の人々が顔を突き合わせて身体をぶつけながら共に働く開城工団もこのとき造られました。

ところが南北経済協力と統一の橋頭堡《きょうとうほ》だという賛辞の中で出発した開城工団は、あるときから「北朝鮮貢ぎ」の代名詞のように扱われて迷惑者になってしまいました。一部のマスコミが主張してきたとおり、本当に開城工団は北の政権の金づるの役割をしているのでしょうか？

もちろんそうではありません。

開城《ケソン》工団で働く南側の労働者と管理者たちがはじめて口を開きました。彼らは「戦争の危険」が日常化したソウルよりも開城工団のほうがむしろ安全だと言います。世界中のどこに行っても開城工団ほど経済性が高い場所はないと言います。だから天安艦《チョナナム》事件が起きたときも、延坪《ヨンピョン》島《ド》砲撃事件のときも開城工団の工場は休まず稼働し続けました。いくらマスコミが「危険だ」「貢ぎだ」と騒いでも企業経営者たちは開城を諦めませんでした。

そのように今日も勢いよく回っている開城工団で火星から来た南側の労働者と、金星から来た北側の労働者たちは角突き合わせて「愛憎入り交じった情」を育みながら互いに同化していきます。だから彼らは開城工団を「日々小さな統一が達成される奇跡の空間」と呼びます。

開城工団はいかなる理由で世界中でもっとも経済的な生産基地の役割を果たすことができるのでしょうか。

火星から来た南と金星から来た北はいかにして毎日小さな統一を達成しつつあるのでしょうか。

「貢ぎ」の真実は果たして何なのでしょうか。

このように満身創痍となった開城工団に、それでも相変わらず希望が残っているのでしょうか。

我々はそれを確認するために開城工団で働く人々に直接会ってみました。我々が出会った人々は開城工団での生活と北側の労働者たちの生活像を彼らの目線で、ありのままに加減することなく聞かせてくれました。ときにはぶっきらぼうで北側に対する誤解と無知がそっくり残っていたりもします。しかしまさにそのおかげで開城工団のすべてをありのままに見せてくれるのだと信じます。

我々は彼らの口を通して現場で生活してなければ決してわからない開城工団の内実、北側の労働者たちの素顔、そして南北の労働者たちがともにぶつかりながら毎日小さな統一を達成してしく奇跡の現場を確認しました。

この本はまさにその生き生きとした現場の記録です。

二〇一五年五月

お断り

●インタビューに応じてくださった方の氏名はすべて仮名です。大部分今でも開城工団で働いているか、関連業務を担当している状況で、ともすると南側や北側の当局の誤解を買う可能性もあるし、関連会社に不利益をもたらすかもしれないという非常に注意深い憂慮のためです。開城工団は相変わらず政治的に敏感な場所です。このような簡単ではない状況が現在の開城工団を象徴的に表現していると考えます。広くご理解をお願いします。

●「南」と「北」は文脈上特別な問題がない限り「南側」と「北側」と表記しました。「南側」と「北側」は去る二〇〇〇年の六・一五共同宣言当時、南側の記者協会とPD協会が南と北を公式に指すときに使うことに合意した表現です。開城工団という北側の地域を生きていく人々の話を扱う本であるために表現においても偏りがないようにしました。

Contents

Part 1

開城工団に関する基本的な理解―誤解と真実

Part2

開城工団には人が住んでいる

Part3

開城工団に向かう道、統一に向かう道

開城工団の人々

プロローグ

二〇一〇年十一月二十三日　延坪《ヨンピョン》島《ド》砲撃事件があった日

午後三時ごろ開城《ケソン》工団管理委員会事務室の机の上の電話が鳴った。一日平均数十回以上も鳴る電話だ。ほとんどが入居企業の代表や法人代表たちの電話だが、たまに南側の当局からかかってくることもある。よく知られてはいないが、南側では有線電話や携帯電話を通していつでも開城工団の該当企業や機関に電話をすることができる。ただ、開城工団の中に携帯電話を持って行くことはできない。携帯電話を持っていったことがばれると罰金五十ドルだ。

「はい、企業支援部長のキムジニャンです」

「部長、私です。あの……お変わりありませんよね？」

自分の身分を明らかにしないのは大部分南側の当局者の電話だ。声だけで身分を確認した後、内容はできるだけ短く、要点だけ互いにわかる程度にする。

「あ、はい。(内心、「何かな？　何かあったんだな」といろいろな思いがよぎる）静かです」

「はい、連絡一度ください」

「はい、わかりました。お疲れ様です」

　他に何も言わずに「お変わりありませんよね？」と聞くのは何か良からぬことがあるということだ。それを確認するためには南側のニュースを早く見なければならない。急いで静かなところに行ってテレビをつけた。すると何ということだ。延坪島が炎と煙に包まれていた。そして北側が砲撃をしたという速報が流れていた。

　急ぎ状況を整理して、委員長に報告した。そしてすぐに北側の当局者たちの状況を把握しに協力部に入って行った。すでに私の顔は引きつっていた。

　何も知らないのか、北側（当局）の協力部事務室はいつもの通り七、八名がせわしなく働いている。

「部長さん！　時間がありますか。タバコでも一服なさいませんか」

　管理委員会の建物で一緒に勤務している北側当局（総局）の部署名が「協力部」であり、その代表が協力部長だ。協力部は管理委員会の部署であるが、開城工団を指導する北側の機関である「中央特区開発指導総局（総局）」所属である。

「おや、タバコも吸わないキム部長サンが私にタバコを勧めるなんて、何かいいことでもあるのか？」

協力部長は笑いながら逆らえないというようについて出てくる。事務室の中には北側の当局者たちがたくさんいるので、緊急の事案は暗黙の了解で外に出て話をする。協力部長は一体何事だろうと後をついてきてタバコに火をつける。

事務室の玄関の前の日なたにある木の椅子に座った。

「部長さん、何が起きたんですか」

「何のことだ？　何が起きたって」

「知らないんですか？　知らないってこと？　延坪島が大変なんだよ」

「延坪島だって？　急に何をわけのわからないことを。それでなくても企業の連中のせいで頭が痛いのに……。何のことか詳しく話してみなさいよ」

「今日、だから約一時間ぐらい前に西海岸ＮＬＬ近くの南側の延坪島に北側が砲撃をして今大変なんですよ。南側のテレビニュースに速報が流れて映像が出ているんだけど、一言で戦場の阿鼻叫喚だ。煙が立ち上り、砲弾が落ちてくる場面が続いていて……。幸い砲撃は止まったようだけど」

北側の協力部長が目を丸くする。

「何だって？　本当か？　それは事実なのか？」

協力部長は事実関係を全く知らないようすだった。

「早く事実関係を把握してください。この事件が今後どのように広がるか誰もわからないから、開城工団内の北側の関係者たちの口止めをしっかりしてください。南側と北側の労働者同士がもしも言葉を交わしでもしたら大変なことになります。早く初動措置をとって後でもう一度会いましょう」

「わかった。正確に調べて我々の措置はこちらでやるから南側の人員と労働者たちの措置は管理委員会がしっかり処理してください」

協力部長はすぐに事務室に入って北側の関係者の緊急会議を招集した。続いて北側の当局者たちは一斉に受話器をつかんで一糸乱れぬ動きを始めた。

管理委員会の事務室にすぐに入らずに、遠く松嶽山《ソンアクサン》の向こうの空を見つめた。秋の空はいつものように澄んでおりすがすがしかった。「ハァ」自然にため息が漏れた。あんなにすがすがしくてきれいな空なのに、この地では何という……。モクモクと白い綿雲だけが悠々と南側に流れて行った。

関連事実を管理委員会に報告し、すぐに全管理委員会の職員たちを通して、会社ごとに生産に必要な人員だけを残し、一人残らず管理委員会の講堂に集まるようにとすべての企業に緊急指示を出した。三十分も経たないうちに開城工団内のほとんどすべての南側の駐在員たちが講堂に集まった。すでにニュース速報を確認したらしく、誰もが暗い表情だった。多分南側の本社や発注業者が延坪島の速報を見て電話で開城工団の状況を聞きまくったことだろう。

全体の駐在員たちが全員集まるまでに、法人代表のトップをはじめとする主要な法人代表たちが一人二人とやってきて異口同音に聞いた。

「部長さん！　何が起きたんですか。いや、どうなると思われます？」

「ご存じの通り、信じられない事態が発生しました。はっきりしたことは言えませんが、多分開城工団は大変なことにはならないと思います。何もないでしょう。あまり心配しないでください」

「いや、戦争状態なのに……。それこそ大変なことじゃないか！　みんな荷物をまとめて出ていかなければならないんじゃないか？」

「こんなことまで起きるとは想像もできませんでした。ともかく事実関係をもう少し確認して見守らなければなりませんが、重要なのは、この状況が開城工団を狙ったものではないのは確実だということです。おそらく最近NLLと付近の海域での軍事演習などと関連した摩擦が暴発したようです。我々は静かに言葉に注意して工場の生産に専念すればいいと思います。もう少ししたら、整理して公式にお話しいたします。何よりも開城工団に火の粉が飛ばないように、我々駐在員たちみんなが言葉と行動に特に気をつけなければならないと思います」
三十分あまりで駐在員たち全員を対象にした今後の行動指針と企業ごとの即応体制など危機管理のマニュアルによる説明会を終えた。有事の状況に備えた危機管理計画はすべての単位でマニュアル化して持っている。実際このマニュアルは現政府（李明博《イミョンバク》政権）になって南北関係が対立に向かったことによって、いろいろな危機を想定して企業ごとの被害を最小化するために作ったものだ。

説明を終えて参加者たちに質問の機会を与えたが、重々しい雰囲気のせいか誰も質問をしなかった。「長々と話をしなくてもよくわかる」という暗黙の同意が危機の中で拡散しつつあった。不安に満ちた暗く厳粛な数百名の顔が一斉に私を見つめていたが、私はむしろ何でもないというふうに泰然と、行動と言葉に格別に注意を払ってくれるように頼んだ。

企業ごとに三三五五帰っていく駐在員たちの後ろ姿には、重く暗い影が差していた。実際彼等の顔と心の中に暗い影が宿ったのは、昨日今日のことではない。南北関係が対決と敵対に変わってから、すなわち現政権が成立してから開城工団が正常でない状況に陥り、開城工団の南側の駐在員たちならば誰でも心の片隅に抱いて生きている暗い影だった。そのストレスは実際開城工団の人々でなければ誰も理解できないものであった。

本当に簡単ではないストレスだ。南北関係の不安感が大きくなれば、開城工団内の南側、北側の労働者たちは皆言葉と行動に格別に注意を払う。それ自体が相当なストレスだ。そういう時は、南北の労働者たちは一緒にいても一言も自然に言葉を交わせない。言葉を交わすこと自体が互いにとって負担だからである。ストレス性症候群がどこよりも多いのが、まさに南北が敵対化した以後の開城工団である。心置きなく一緒に笑い、騒いだ昔を皆が懐かしがった。

事務室に入って南側に電話をかけた。そしてその電話をリアルタイムで聞いているはずの南北当局の機関の人々すべてに聞けとばかりに話した。

「はい、私です。ハハハ。秋が深まってきているからか、無情にも開城工団の空は一昨日も昨日も今日も本当にきれいですね。工団から遠く北側の空を見ると、明日もすっきり晴れると思います。日差しも本当に暖かく明るくて澄んでいます。南側の駐在員たちとボールを蹴るのにうってつけの天気です」

受話器の向こうで無心に聞いていた当局者が一言。

「ありがとうございます。空が引き続き晴れているように一緒に祈りましょう。それから、ボールは週末に蹴ってください」

「一週間後は十二月ですね。この冬はちょっと暖かいといいですね。開城の冬はとても寒いです。ソウルにいらっしゃる方々によろしくお伝えください」

誰が誰に電話をしたのか、名前も聞かず、空の話だけをして短い通話を終えた。受話器を置いて部署の机の端に座って仕事をする北側の女性職員の姿をぼんやり見つめる。

○○。本当に利巧な子だ。一つ頼めば二つ、三つをすることができる二十一歳の真面目で頭のいい子だ。ここはすでに南と北がこのように平和でのどかに統一されているのに……。ふと、恨めしい分断について込み上げてくる怒りが、両手で抱えこんだ頭の中で深いため息となって消えつつあった。

その年の冬、開城工団はとても寒かった。各企業は既存の維持してきた生産活動以外はできることが何もなかった。政府は開城工団の正常化よりも有事に備えた危機管理を補強する作業にばかり関心があった。正直言って政府は開城工団が自然に閉じてしまうことを期待しているようすであった。開城工団はすでに彼らにとってずっと前から「醜いアヒルの子」であった。開城工団の冬はさらに寒くなりつつあった。そしてその年の冬はあまりにも寒く、長かった。

キムジニャン

Part 1

開城工団に関する基本的な理解
―誤解と真実

キムジニャン

1 開城工団で出会った北朝鮮、真実を語りたかった

筆者は南北関係と北朝鮮の体制、平和と統一問題を研究してきた学者だった。その後統一外交国防政策を扱う国家の最高機関で朝鮮半島の平和戦略と対北朝鮮政策を立案し、南北交渉と対北朝鮮政策の第一線に直接関わる政策決定を執行した経験を持つ。その経験をもとに北朝鮮の開城工団に四年間滞在して開城工団に関連する対北朝鮮交渉を担当した。

四年間たくさんの討論をした。北側の官僚たちと。数かぎりない質問をぶつけた。北朝鮮の体制と社会、その構造と運営の原理について、そして南北関係と平和・統一問題、非核化問題、人権問題、脱北者の問題、食糧難とエネルギー不足の問題まで。その上天安艦《チョナナム》事件と延坪島《ヨンピョンド》砲撃問題、さらに権力継承問題まで引っ張り出して「虚心に」（「虚心坦懐に」の北側の言葉）対話した。関連する事案は禁忌の領域であり、ちょっとやそっとでは口に出せない負担を感じるものであったが、学者的な疑懼の念と好奇心を抑えられなかった。信頼を築いた後では特別な拒否感や制約なしに心と心で対話して、南北関係史の様々な分水嶺を絶え間なく越えつづけた。北朝鮮について目で見て頭で判断するのではない、心で見てハートで判断し、理解しようとし

た。

南北関係を研究する学者としてあれほど幸福な時間はなかった。しかしもう一方では耐え難い挫折感に苛まれた時間でもあった。知れば知るほど、確認すればするほど北朝鮮の社会と体制は強固であり、人民たちの国家権力（政治指導者－首領）に対する忠誠心も高かった。「ギネスブックに掲載されたという、十万人が動員された世界最大、最高のマスゲーム『アリラン』を見た人なら、北朝鮮の集団主義がどんなものかおぼろげながら理解できるだろう」「高度の集団主義と忠誠心は完全に自発的なものだ。北朝鮮の体制と構造を正しく理解するならば、そのすべての集団主義と忠誠心、自発性の根拠と背景が十分に目に入り、その構造を理解することができる」というような話を完全に正しく、いかなる誤解もなく、韓国民に拒否感を起こさせずに説明できるだろうか。

韓国民はおそらく理解できないだろう。敵対的な分断が強要する「北朝鮮無知」の悪循環の中では「死んで生き返っても理解できないだろう」というのが私の結論だった。敵対的な分断のせいである。敵対的な分断は北朝鮮を「構造的無知と体系的歪曲の領域」にしてしまった。それで北朝鮮をまともに存在している、あるがままの姿で見ないで、我々の基準と価値観、我々式のやり方であれこれ批判し、非難し、揚げ足を取り、嫌悪し、悪口を言い、結局「悪いやつら」と規定してしまう。「違い」は「間違い」と認識されてしまう。

韓国ではまともな北朝鮮専門家を探すのが非常に、本当に大変難しい。扇情的で偏向した、真理と真実を軽く見るような汚染された専門家たち、事実は何も知らない、専門家ではない専門家たちが横行している。北朝鮮問題は自分勝手に小説のように話しても誰も問題を提起しない、むしろ奨励される領域だ。洗練された非難さえ上手にしていればいい。誰も責任を問わない。

客観的に北朝鮮を正確に見ようとする専門家たちでさえ社会的な雰囲気に便乗して、北朝鮮追従だとか左翼共産主義だとかいう赤コンプレックスとマッカーシズムの社会の雰囲気から自由になれない。いつも他人の目を気にして自己検閲をする。適当に妥協する。適当な妥協は歪曲の始まりだ。衝撃があるとしてもまともに正確に説明して理解させる必要がある。

2

我々は北朝鮮をどれだけ知っているだろうか

ずっと前から本当に真面目に韓国社会に投げかけてみたかった質問である。「私たちは北朝鮮の体制と制度、社会、経済、文化、社会運営の仕組みと構造など、その真の姿の十パーセントでもまともに知っているだろうか?」もしも誰かが「我々は北朝鮮について『総体的無知』に陥っている」と言ったら韓国民たちはどのように受け取るだろうか。

残念なことに韓国社会の北朝鮮に対する「総体的無知」は「実在」であり「現実」だ。南北関係が対立的で敵対的な関係に転換してからは、総体的無知と歪曲、誤った導きが一般化され、真実を話そうとすれば、石をぶつけられる覚悟をしなければならない。

しかし厳しい政治軍事的な対立状態にある南北関係においては、北朝鮮をまともに知らなければ災いをもたらす可能性がある。間違った対北朝鮮政策は軍事的緊張と戦争を現実化する。大部分の戦争は、無知から出発する。相手をまともに知れば、恐怖の均衡によって戦争が起きない。

ここで「知らない」という意味は北朝鮮社会の体制を動かす根幹と体制的な特殊性、先軍政治に象徴される北朝鮮の軍隊と国防力などの巨大な基盤を「知らない」という意味だ。さらに北朝鮮の人々が生活の原理として体現している主体思想と唯一集団体制の仕組み、彼らの国家観、指導者と権力に対する認識、歴史的‐社会的価値観などを「あまりにも知らない」という意味だ。

北朝鮮に対する総体的無知

南と北は厳然たる相互作用関係にある。「これは正しくてこれは間違いだ」という二分法的な白黒の論理で置き換えることができない対等な関係と構造である。韓国社会の内部的には北朝鮮を否定し、けなし、中傷することができるが、公式的な対話のテーブルでは不可能だ。ときにはむしろ逆転的な現象、すなわち北側が我々を否定してしまう場合も発生する。それが厳然たる南北関係の現実だ。

南と北は大きく違う。その「違い」を我々は「間違い」として一般化してしまう。分断体制が強要した画一的な思考と二分法的な白黒の論理による善悪の区分の弊害だ。南と北の違いは根本的に政治体制と社会制度の違いから始まって、文化的な生活様式と両社会が追求する価値規範すら違う、全く同じように発音される言語の意味すらも違うことがありうる「違い」である。

韓国社会の「自由」の概念と北朝鮮社会の「自由」の概念は違う。「労働」と「雇用」、「経済」の概念も違う。北側には「賃金」という概念ははじめからなく、ただ「生活費」という概念があるのみである。我々はそのすべての「違い」を「違い」として見ずに、「間違い」として否定してしまう。結局その「否定」が蓄積されて「総体的無知」に発展する。

加えて「知らない」という意味は、実質的に韓国式の基準による国家の経済指標と社会的な指数等が北朝鮮ではほとんど発表されず、徹底的にベールに包まれているのと無関係ではない。北朝鮮は一九六〇年代から国家の主要統計や経済指標、指数などを特別な場合を除いて公開しない。それは北朝鮮が選択する国家経済的利害関係の戦略的な判断によるものだ。結局北朝鮮に関わるほとんどすべての指数と指標は推定に推定を重ねた、ひどく加工されたものである。いわばほとんど信頼に値しないものが大部分である。

このような総体的無知が敵対的な対北朝鮮政策と相まって、ある瞬間から北朝鮮はもうこれ以上平和と統一の一主体でも、共存共栄できる相手でも、対話のまともなパートナーでもない存在となった。結局、伝統的な反共-反北イデオロギーの延長線上で北朝鮮は二分法的な白黒の論理に基づいた「悪」でしかない。そうでなければ本当にとんでもない「落ちこぼれ」、完全な「ルーザー（Loser：敗北者）」であるのみだ。

南北が平和的な関係であった時期の北朝鮮に対する韓国民の普遍的な評価と認識はそうではなかった。相互尊重の精神に立脚して我々とともに民族の共同繁栄と平和統一の新しい歴史を創っていかなければならない対等な主体であったし、和解と協力の相手だった。北側自体の内部的な変化を見れば、北朝鮮はこれまで十余年の間、経済的にも社会、文化的にもかなり変化し、肯定的な側面で相当な発展があった。にもかかわらずなぜ北朝鮮は韓国社会で完璧な失敗者、ルーザーとなり、「落ちこぼれ」と「悪」に象徴化、イメージ化されたのだろうか。

分断は正常でない体制だ

敵対的な分断体制が復活したためである。李明博《イミョンパク》政権以降の対北朝鮮政策が対立政策へと急変して「平和」の場所に「緊張」と「敵対」が入り込んだ。平和－統一教育の場所に分断教育、安保教育が居座った。全面的な反北、反統一の論調が社会的、文化的に拡散した。民族の共同繁栄と平和と統一の歴史的な里程標だった六・一五と一〇・四宣言は簡単に否定され、北朝鮮を嘲笑い、非難し、異質感を助長するドラマ、映画などが溢れ出した。

政府機関によってスパイ事件が捏造され、罪もない国会議員が国家反乱と内乱罪で起訴され、民主主義の基本を否定してしまう「政党解散」事件が発生したのに、国民はスパイ罪、内乱罪、国家反乱罪の嫌疑の恐ろしい刃の前に誰もまともに息をつくことすらできない。

最先端の科学技術社会、高度化されたインターネット技術をもとにグローバル化されたSNS（Social Network Service）を通して全世界的な次元のリアルタイムの情報が共有される二十一世紀の明るい世の中にこんな悲劇が発生しているのがまさに二〇一五年の分断体制、大韓民国の今日、我々の姿だ。アメリカとヨーロッパをはじめとして全世界の人々が北朝鮮を好きなように旅行しているのに、外国の大学生たちが北朝鮮を旅行して平壌《ピョンヤン》の金日成《キムイルソン》主席の銅像の前で「カンナムスタイル」の踊りを踊って認証ショット〔証拠写真〕を自分たちのフェイスブックとツイッター、ユーチューブに好きなだけ載せているのに、ただ我々韓国の国民だけが北朝鮮に行くことができない。北朝鮮が訪問を拒否しているのではなく、韓国政府が一切の接触を禁止している。

北朝鮮を正しく知らなければならない。幸せになるためである。南北関係を正しく知らなければならない。幸福の前提条件である平和のためである。南北関係と北朝鮮問題は平和の領域であり、安保の領域である。平和と安保は国民の生存権に関わる絶対国益の領域であるためにこの問題を取り巻く事実関係はどの領域よりも正確に国民に知らせなければならない。

北朝鮮は崩壊しない。可能でないし、可能になっても、可能であってもいけない。我々が本当に南北関係と平和－統一の問題を国民の幸福の観点、総体的国家発展の観点から熟慮し見るならばそうだ。

吸収統一論は理念対決を煽る反平和、反統一の論理である。吸収統一論を前提とした「統一費用論」も同様である。間違った「統一」概念を想定しておいて、統一税という歪曲された爆弾を国民に突きつけながら反統一を脅迫するのに他ならない。

統一は平和である。平和が統一である。まともな統一は「平和」という長い過程を経てついにやってくる最後の結果である。結局統一は数十年にわたる長い期間の「平和」であり、「平和の過程」それ自体が統一である。統一と平和には一銭もかからない。むしろとてつもない経済的な相互繁栄が待っているだけである。南側の資本と技術、世界最高の競争力を持つ北側の労働力（生産性）と限りない国家所有の土地、推定不可能な地下資源のシナジー効果が相まって経済繁栄の新しい歴史を作り上げていくことができる。その過程は徹底した南と北の相補互換〔あるものとないものを互いに融通する〕の過程になるだろう。

分断七十年の桎梏《しっこく》と同じくらいに、歴史的に平和が制度化される瞬間、南北間の民族共同繁栄のとてつもない発展と成長、品格のある新しい朝鮮半島の時代が開くことになる。もとより「貢ぎ」論は歪曲であった。韓国が貢いでいるのではなく、むしろ貢がれていた。開城工団の実証的な経験を見れば、自明の事実である。完全に制度化される場合、北朝鮮が「一」を稼ぐとき、韓国は「十」を稼ぐ。

平和と統一？　相互尊重さえすればすべてのことが解決する

想像できないほどの民族大繁栄のとてつもない機会が我々の眼の前にある。平和が統一であり、平和が大当たりだ。ところがその平和というのがあまりにも簡単で易しい。とてつもない国家的な費用も必要ないし、特別な国家的な努力と国民の覚悟の忍耐が必要なのでもない。「相互尊重」の精神一つさえあればよい。南と北が互いをあるがままの姿で尊重する姿勢さえ持てばすべてのことが解決する。

「相互尊重」は互いに敵視しないということだ。我々は我々式の秩序である資本主義の経済秩序と自由民主主義的な価値秩序を追求し、北側は北側なりに社会主義の経済と人民民主主義の社会発展の論理を追求していくのである。

南北間の平和と統一のための四度の歴史的な合意であった一九七二年七・四南北共同声明、一九九一年の南北基本合意、二〇〇〇年六・一五共同宣言、二〇〇七年一〇・四宣言の共通点を一言で圧縮すれば、それはまさに「相互尊重」である。平和と統一は「相互尊重」の精神と原則、態度、これ一つで始まり、また完成する。北が望むのもまさに相互尊重である。

南北が相互を尊重したとたん、平和、すなわち実質的な統一は、始まり、また統一の完成まで進むことになる。結局相互尊重の精神と平和がもたらしてくれるとてつもない国家発展と国民の幸福の様々な状況は、知る分だけ見え、展望することができる。

3

開城工団を見れば南北の平和と統一が見える

総体的北朝鮮無知、その結果起きる戦争の危機を目撃しつつ、その無知をどのように克服することができるだろうかと悩んだ末、本を出すことにした。政治、軍事的対立と敵対ではない、知る分だけ見える北朝鮮に対する理解と事実を紹介したかった。

開城《ケソン》工団は南北の労働者たちが十余年以上持続的に同じ事務室と生産現場で一緒に日常的な意思の疎通と交流、生活をしてきた唯一の場所だ。南と北、七十年の分断体制の数多くの「違い」と「差異」が出会って、かなりの意思の疎通と交流をしてきた場所だ。これから南北の平和定着の過程で様々な「差異と違い」がどのように調和し融和することができるかについての実験的な事例、モデルが蓄積される場所である。

開城工団は南北の幸福な平和経済と南北の住民たちの間の小さな統一が毎日毎日築かれていく場所である。開城工団は平和と統一の溶鉱炉である。今この瞬間にも開城工団は正常ではないにせよ、稼働し続けている。

開城工団十余年の歴史の中で、南と北が力を合わせて工団を平和の象徴に、民族共同繁栄の前哨基地にしようと努力した初期五年の姿は、開城工団が正常に稼働していた頃の姿である。二〇〇八年李明博《イミョンパク》政権の成立以降南北関係が全面的に対立の構図になってから、開城工団も正常でない形で運営されている。にもかかわらず開城工団は、制限された状況ではあるが相変わらず南と北の五万三千余りの労働者たちがともにぶつかり合いながら生活をしている。

開城工団は、事実上「奇跡の場所」だと言える。このように厳しい南北の敵対と対立が深まる状況の中でも、冗談のように開城工団は南と北の数多くの民間人たちが一緒に笑い、騒ぎ、話しながら民族の明日、平和と統一の未来を作り上げていっている。開城工団の観点から見れば、休戦ラインを中心に南北が互いに銃を構えている鋭い軍事的対峙状況は、全く嘘くさいおふざけごと、幼い頃の戦争ごっこのように見える。

違いと異なりの共存、互いが学んでいく開城工団

この本にインタビュー形式で紹介されている開城工団の南側の駐在員たちはすべて一般人たちである。北朝鮮について特に教育を受け、特別な任務を持って開城工団に入ったのではなく、開城工団の入居企業の一般労働者として生活しながら接した開城工団と北側の労働者たちとの出会いを、彼らの目線であるがままにそのまま載せた。長い間反共教育を受け、その結果、少なくない反北意識を持っている一般国民の目線で出会った開城工団と北側の人々についての話

なので、ときには多少雑だったり、北側に対して誤解や曲解しているところもなくはない。しかしこの本はそのすべてをありのままにお見せできると信じる。

なぜ人々の話なのか。北側の体制と制度、彼らの社会構造と運営原理などは、実際にその中を生きていく生活の様式として現れる。人々の話でなければ体制と制度まで見せることができないからだ。

南側の駐在員たちは、北側の土地である開城工団に入ればそこの法と制度、価値観、生活の様式などを見て習うことになる。郷に入りては郷に従えというように、開城工団に行けば北側の文化・慣習・法・制度などを初歩的な水準であれ理解して知らなければならない。我々が日常的に使う「北韓〔北朝鮮〕」という言葉すら、北側の人々にとってはひどく馴染みのない、不愉快に聞こえる場所がこの開城工団なのだ。

韓国と北朝鮮を指す中立的な用語は「南側」「北側」だ。二〇〇〇年九月、南北の言論交流が活発であった時代に南と北を中立的に指すために南側のマスコミの記者協会、ＰＤ協会などが公式的に使用することにした用語である。「北韓」という用語は、ちょうど彼らが我々を「南朝鮮」と呼ぶとき我々が感じるときくらいに違和感があり、好まないのである。

「労働」の概念や雇用関係、企業構造なども南北は互いに異なる。企業の成功と失敗は結局韓国の企業がどれだけ北側をよく理解するかにかかっている。

この本で紹介する内容は開城工団で生活する南側の駐在員たちの日常的な生活の態度と様式である。開城工団の韓国企業と労働者たちは北側の社会に対する理解と認識の地平を広げようと努力をする。開城工団が北側の土地だからである。開城工団の入居企業の南側の駐在員たちが取らなければならない基本的な態度を幾つか紹介すれば次の通りである。

第一に、北側の体制と制度、思想、文化などを非難する行為は禁忌である。北側は彼らなりの体制の仕組みがある厳然たる国家であり、否定することのできない国家の尊厳がある。分断七十年間対立関係で生きてきた相手に否定・非難されるのは耐え難い侮辱である。加えて北側の人々の身体や心の問題や暮らしぶりに関する問題はできるだけ言及を避ける。そのような表現は相対的な優越感あるいは逆に劣等感を内包していて信頼関係を壊す元になる。

第二に、南と北の多様な「差異と違い」を「正と誤」「正解と間違い」「善と悪」の二分法的な白黒の論理、対立的関係と認識しないようにする努力である。心の中に巣食った反感、敵対、見下すような態度は禁物である。そのような様々な「違い」には北側の集団主義的価値と南側の個人主義的価値観、南側の私有財産概念と北側の共同所有概念、南側の所有権の概念と北側の使用権の概念、物質と精神についての認識の差異、生産性の動機付与として政治道徳的な刺激と物質的なインセンティブのうちどちらを優先するべきかの差異、教育と競争についての認識や評価などが含まれる。このような差異はただ「違うことがありうる」と認識すればいいのだが、その「違い」は最初は見慣れない異質なものに思える。

物理学において「差異」はエネルギーの発生の根源である。開城工団で共存している南と北の差異をどのように扱ってどのような関係を持つかによって、その差異は南北共同繁栄の新しいエネルギーにもなり得る。

三番目に、すべての人間関係が「相互作用」の関係であるように、南北の労働者の関係も相互作用の関係だ。結局我々自らまず北側の人々について相互尊重と好意的態度で接近しなければならない。誠実さのこもった尊重の心、包容する気持ち、寛容的な態度が関係を発展させる。私が好意を持つとき、相手も好意を持ち、私が警戒心を持てば相手も警戒し、私が敵意を持てば、相手も敵意を持つ。

北側の人々の価値観と考え方を知らなければ誤解を生じる余地が増える。一般的にそのような誤解は基本的な信頼が不足した状況で、無視されたという感じを持つときに発生する。大部分自分の基準、自分の考え方と価値観で状況を評価するとき発生する誤解である。南と北の価値基準が様々な状況で違うことがありうるということを忘れてはならない。

四番目に、北側は社会全体を「社会主義の大家庭」だと認識し、また表現する。我々が理解しようがしまいが、父首領を中心とした全社会の大家族概念がそれである。北側の社会を「儒教的社会主義体制」と評価することがあるが、北側の集団主義の内面には「我々は家族」であるという認識が底辺に横たわっているのである。このような状況を勘案して、南側の企業経営者が北側の人員を同じ企業の一つの家族のように認識すれば、生産性は明らかに大きく向上する。

結局韓国企業がどのようにするかによって企業の生産性と安定的な企業運営が制度化されうるのである。心とハートで与えるものは決して消えはしない。それは相手の心とハートに貯蔵される。自分の心の扉を開く取っ手が自分の心の中にあるように、相手の心の扉を開く取っ手も彼らの心の中にある。彼ら自らに扉を開けさせなければならない。彼らを知って尊重すればいい。

汚れのない純粋で善なる北側の人々

基本的に北側の人々は南側の人々よりも他人に対して礼儀正しく好意的で純粋だ。純朴で善良で誠実だ。汚れのないそのような純朴さのせいで、ときには人間同士のトラブルの解決方法が多少雑で洗練されていないように見える場合もなくはない。我々のように高度な経済社会で生きてきた人々ではないので個人的な競争心はあまりない。ただ集団的な競争心は並大抵ではない。お金と資本の価値概念が希薄なのも事実である。今やっと学んでいる段階である。彼らの立場から見れば我々南側の人々は「すべてのことにカネ、カネ、カネばかりこだわる本当に情のない薄情な人々」だ。理解できるだろうかわからないが。

分断七十年余り対立と敵対、軍事的衝突の歴史の中で南と北の双方に深刻な被害意識がある。両方とも内面化された警戒感と敵対感がなくはない。韓国の国民は理解できないだろうが、もう少し正確に評価すれば、我々よりも北側の人々の方がもっと大きな被害意識を持っている。その被害意識は深くて大きい。ただ過去の時期のそのような敵対と対立を超えて和解協力と平和へ、統一へと向かわなければならないという熱烈な信念がある。彼らは自分たちのすべての辛さを解消することができる唯一の代案がまさに平和と統一にあるという確信を持っている。

南と北の「違い」は、体制と制度などの形式ばかりではなく、歴史認識、国家と社会についての認識、人間の社会的な意味、人生についての価値観、教育と学びについての認識、真・善・美の価値判断、そのような価値判断の基準や正誤の価値規範と基準、事物と事件についての認識態度、観点などにも及ぶ。実に多種多様な「違い」が日常的に共存しているのが開城工団の南北関係だ。

例えば北側では報道は人民に対する社会教養的な役割を果たす。だから社会を告発するような記事が多い南側のマスコミは彼らには大変おかしく見える。空腹や物質的な欠乏に対する反応にも差異がある。何か代価を要求する援助は、彼らから見れば援助ではない。相互主義に対する理解と態度も異なる。北側の人々は相互主義を大変計算された利害打算的な行為だと言って嫌う。したがって相互主義では信頼は培われないと考える。集団優先の自由と個人優先の自由、金による自由と党への忠実性、思想性による自由、国家の指導者に対する態度や選挙の手続きと過程に対する理解なども我々と大きく異なる。

道路交通秩序に対する観念も我々と違う。開城工団初期の北側の人々は、「我々の目が基準です。人の目が最も正確です」と口々に言った。制度と法を基本と認識する我々とは異なり、彼らは赤信号になっても車がいなければ道を渡る。もしもそんな彼らに何か言えば、「車両は目をこすって見てもいないのに、なぜバカみたいに渡らずにぼーっと立っていらっしゃるのですか」とけなされる。開城工団の中での交通規範についての約束と合意がなかった頃、我々は信号を無視して渡る彼らを我々の基準に照らして未開で無秩序だと馬鹿にした。我々の基準の一方的な規定であり、無理解であった。

南側の「常識」と「普遍」は北側でも「常識」と「普遍」だろうか？

開城工団で生活しながらいつも忘れてはならない基本的な態度がある。南側の常識が北側では非常識になる可能性があり、南側の普遍的な基準が北側では特殊な基準になりうるという相対的な原理に対する理解と身についた思考である。また我々の「規範」と「常識」も同様である。「普遍」と「特殊」、「おかしい」と「おかしくない」の違いは、「少数」か「多数」かの差異でしかない。さらに多数が常に善で正しいわけでもない。少数は少数なりに尊重されなければならない。交渉をしながらいつも衝突する価値だった「普遍」と「常識」は実は我々だけの「普遍」と「常識」に過ぎなかった。

開城工団で北側の社会と人々を見ながら、彼らの社会的文化的な水準と状況が我々と約二十〜三十年程度の隔たりがあるという思うことがしばしばであった。彼らの中で我々の一九八〇年代の社会的価値と文化的な様式をよく見ることがあったからである。飲酒と喫煙文化、人々の間の関係と共同体意識、男女関係と官尊民卑的な思考、忠と孝に対する価値評価の態度、恋愛と愛情表現、法と行政の水準・システムなど、いろいろな側面でそのように見えた。何よりも共同体と集団に対する態度、集団のための個人の献身と犠牲などは大変大きな差異であり、強烈な特徴に見えた。

金と物質が優先される世界、精神と道徳が優先される社会

反対にすべての物事をカネ第一に考え判断することについて北側の人々は大変違和感を感じる。随分変わりつつありはするが、依然として彼らの内面にはカネを第一に考えることは浅薄だという認識が根付いていている。

開城工団で働く北側の労働者たちに開城工団で働く動機、意味について質問してみると、大部分「民族経済の発展に寄与するため」や「平和的な南北関係の発展と統一に寄与するため」

と答える。本人たちが仕事をすることで賃金（北側では「生活費」という）を受け取って生活するという基本観念はほとんどない。彼らは国家的な措置によって職場に派遣され、任務（彼らは「分工」という）を受け持って仕事をしに来たのである。すなわち労働の代価として賃金を受け取るのではなく、国家が任せた社会的な任務を行い、それによって自身の生活費は国家が責任を負ってくれると考える。

最近北側の経済改革措置が個人労働を重視し社会全体に独立採算制の概念が拡散するにしたがって、このような傾向は衰えつつはあるが、生活費は国家が責任を負うという基本認識には大きな変化はない。

北側の労働者たちは企業－労働者関係を「雇用－被雇用」関係で説明すると当惑する。社会主義の体制では、金で人の労働力を買うという雇用概念がないためだ。北側では個人労働者は、地域単位の人民委員会や党が、地域の実情に合うように、個別の人民の力量と素質によって企業所や各種機関、作業所に行政的・公的な次元で配置するのである。個人は人民委員会と党の措置に従って企業所で仕事をするのみである。

「賃金を与えて労働を買う」という資本主義の概念は、北側では「金で人を買う」という不快な概念として受け取られる。韓国の企業経営者たちが北側の労働者を「賃金を与えて私が雇用した人」とみなしたら、必ず関係には摩擦が生じる。しかし開城工団に入居する韓国企業や南側の駐在員たちに対して、政府レベルで事前にこのような基本教育をまともにしたことはほとんどない。そのせいで多くの入居企業は、開城工団に来た初期にほとんどこのようなトラブルを経験する。

さらに生産性の向上に物質的なインセンティブばかり強調するのも適切でない。随分変化しはしたが、社会主義の経済では生産性向上と関連して「賃金など物質的な条件は労働生産性向上の根本条件ではない」と説明する。人の労働生産性を鼓舞するのは第一に政治・道徳的な刺激であり、二番目が物質的な刺激だ。二〇〇二年七月一日の「経済管理改善措置（実利社会主義）」以降変化しつつはあるが、根本的に政治・道徳的な刺激を優先する社会的な気風がある。社会主義憲法第三十二条は経済分野の管理において政治・道徳的な刺激と物質的な刺激を正しく結合させる指導と管理の原則を強調している。

北側の社会を説明する最も大きな特徴は国家中心の集団主義体制だ。北朝鮮の集団主義は主体思想を精神的な土台として、「我々式の社会主義と先軍政治」を中心に「社会全体が一つの家族だという共同体意識」「社会主義の大家庭」で心を一つにして団結する超高度な集団主義として発揮される。北側の「人民」たちは人中心及び自主性の哲学を、組織観としては集団主義の生活原理を、指導者観としては国家首脳部に対する絶対忠誠の姿勢を、体制観としては朝鮮民族第一主義と我々式社会主義に対する優越的な認識などを普遍的な考えと価値観として定立している。

北側の体制はこのような高度な集団主義の体制を具現する最も核心的な仕組みとして人民全体に対する日常的で反復的な思想学習を義務化した。すなわち、思想学習を日常生活の社会規範的な価値として普遍化することで、それが統制や強制ではない自発性と自律性に依拠して日常的に作動できるように構造化したのである。このような高度な集団主義はギネスブックに掲載された世界最大のマスゲーム「アリラン」のようなもので体現される。世界有数の批評家たちは「アリラン」について幼い頃からの集団主義の社会文化と気風において育った北側の人々でなければ全世界の誰一人として具現することができないものだと評価する。

多くの脱北者たちを面接調査すれば、彼らは身分上の制約にもかかわらず北側の集団主義と体制の強固さを大変高く評価する。

第一に、主体《チュチェ》思想の「哲学的な側面」について現在の北側の住民たちの内面化状態は「相当高い水準」だと評価する。加えて主体思想が北側の住民たちの意識の中で「当然なもの」として受け入れられており、個人の「究極的な価値観」として確立していると評価する。

第二に、集団主義と「我々式社会主義」の生活原理も相当高く実現されているものと評価する。

第三に、北側の人民たちの首領観、すなわち首脳部に対する忠誠心は「熱烈で決して無視することができない」と評価する。フランスの世界的な碩学であるエミール・デュルケーム（E.

Durkheim）も「主体思想は北朝鮮住民の内面に最も深く根付いている生活の一部であり、全部」だと評価した。

一言で言うと北朝鮮は非常に強固な国家体制を維持していることを否定することはできないということだ。そのような北朝鮮に対するまともで正確な理解が南北平和の絶対的な国益を具現していく第一歩になるという点を強調したい。対立的な観点から脚色され汚染された北側に対する歪曲と誤った導きはそれ自体が平和を壊すものであり、安保を壊す自傷行為となる。安保的な対峙状況に置かれている相手に対する正確な理解と分析なしにどうして重要な平和と安保、国防を語ることができるだろうか。

北側の体制・社会・文化・人民たちの正しい理解と認識をもとに、世界史的にも例のない最初の経済協力事業（資本主義・社会主義体制、制度・文化・人間の出会い）である開城工団を成功裏に発展させなければならない責任が、開城工団の南北の労働者たちにはある。同様に南と北が相互尊重の精神をもとに民族共同繁栄の新しい歴史を綴っていかなければならない課題が我々全員にある。その出発点がまさに「相互尊重」の姿勢である。相互尊重の精神をもとに南北間の平和が制度化されれば、南北経済協力の全面化を通して我々には第二の漢江《ハンガン》の奇跡が、北側には大同江《テドンガン》の奇跡が可能である。南北双方がウィンウイン（Win－Win）する民族共同繁栄の品格ある新しい歴史が開くのである。

■ 開城工団略史

開城工団　正常化の時期	
2000. 08	現代峨山 - 朝鮮亜太平化委、民族経済協力連合会３者間「工業地区建設合意」締結
2002. 11	北側、「開城工業地区法」制定
2003. 06	開城工団第１段階（100 万坪）開発着工式
2004. 05	第１段階　内、試験団地（9 万 3000m2）分譲
2004. 10	開城工団管理委員会開所
2004. 12	開城工団初製品生産
2005. 03	開城工団電力供給開始（試験団地 1.5 万 kw）
2005. 08	本団地　一次（16 万 9,000m2）分譲
2005. 12	KT 通信　開通
2006. 11	北側労働者１万名突破
2007. 05	南側、「開城工業地区支援に関する法律」制定
2007. 06	本団地　二次（175 万 m^2）分譲
2007. 06	電力 10 万 kw　送変電施設竣工
2007. 10	10.4 南北共同宣言
2007. 10	第１段階　基盤施設竣工（用水・電力・通信・環境　等）
2007. 11	技術教育センター竣工
2007. 12	文山（ムンサン）駅～板門（パンムン）駅間　貨物列車定期運行開始
2007. 12	「開城工業地区支援財団」設立、開城工団浄排水場竣工
2007. 12	開城工団協力分科委員会　第一次会議（寄宿舎建設合意など）

開城工団　非正常化の時期	
2008. 03	統一省長官「核問題の解決なしに開城工団の拡大不可」「開城工団を中断しても構わない」と発言
2008. 03	北側、統一省長官の発言を口実に、開城工団駐在南北経済協力協議事務所の南側当局者の撤収を要求
2008. 07	金剛山観光客銃撃死亡
2008. 10	北側、「南側の対北ビラ撒きで開城工団事業に否定的な影響」発表
2008. 11	北側　国防委員会政策局長一行工団現地実態点検
2008. 11	開城工団中断
2008. 12	北側、「12.1 措置」施行、開城工団滞在人員を 880 名に制限
2009. 03	北側、キーリゾルブ米韓軍事演習の期間　陸路通行遮断（3 回）
2009. 03	北側、現代峨山職員抑留（北側女性の脱北画策嫌疑など）
2009. 05	北側、「開城工団関連法規、契約無効」通報
2009. 06-07	第 1 ～ 3 次開城工団実務会談、成果なく決裂
2009. 08	玄貞恩（ヒョンジョンウン）会長北朝鮮訪問、現代峨山職員釈放（137 日ぶり）
2009. 08	玄貞恩（ヒョンジョンウン）会長、金正日委員長と「開城工団再開と活性化」等合意
2009. 09	北側、12.1 措置解除発表
2009. 12	南北海外工団合同視察（中国、ベトナム）
2010. 02	第 4-6 次開城工団実務会談、成果なく決裂
2010. 03	天安艦事件発生
2010. 04	国防委員会政策局、開城工団実態調査
2010. 05	政府、5.24 措置（南北交流全面遮断、開城工団凍結など）
2010. 11	延坪島砲撃発生
2011. 12	金正日国防委員長死亡発表（12.17）
2013. 01-02	国連安保理事会制裁及び北側 3 度目の核実験
2013. 03	北側、米韓軍事演習に反発、西海軍通信線遮断
2013. 03	北側、南側が最高尊厳毀損の場合開城工団閉鎖可能性発表
2013. 04	北側、開城工団通行制限（開城工団入境制限、南側の帰還許容）開城工団暫定中断、北側労働者撤収
2013. 04	開城工団南側滞在人員帰還
2013. 07-08	第 1-7 次開城工団実務会談
2013. 09	開城工団再稼働

4 開城工団はどんな場所か

■ 開城工団　段階別　開発計画（案）

第1段階（3.3km²）		2段階（8.3km²）		3段階（18.2km²）
南北経済協力基盤構築	→	世界的輸出基地育成	→	東北アジア拠点開発

＊開城工団は北側から韓国土地住宅公社が敷地を買い入れ（50年間賃借）て現代峨山が工団造成工事をした後、土地住宅公社が分譲をする方式で成立した。

開城工団は二〇〇〇年八月北京で㈱現代《ヒョンデ》峨山《アサン》と北側の朝鮮アジア太平洋平和委員会、民族経済協力連合会の三者間の「工業地区建設に関する合意書」を締結することで始まった。実際の着工は二〇〇三年六月に始まった。

開城《ケソン》工団建設についての最初の南北合意は第一段階（工団百万坪）から三段階にわたって工団八百万坪と後方都市千二百万坪など全二千万坪の巨大都市（南側の昌原《チャンウォン》工団と昌原市を合わせた規模）を作るという計画だった。ところが二〇〇八年二月李明博《イミョンパク》政権の成立後、既存の計画はすべて中断された。李明博政府は「核問題の進展なくして開城工団は一歩も進ませない」という「非核解放三〇〇〇」原則を表明して既存の開城工団関連の南北合意を大部分無視－否定してしまった。結局開城工団は二〇〇八年から実質的に正常でない状態に陥る。

大部分の国民は開城工団が李明博政権の成立後正常な状態でなくなっ

■ 企業創設・登録現況　(2015.1 月現在)

	土地分譲	創設企業	登録企業	稼働企業	営業所
累計	239	193	142	124	70+

たという事実を知らない。少し知っている人々も正常でなくなった時期を二〇一〇年五・二四措置以降と認識しているが、二〇〇八年にすでに開城工団は実質的にすべてのものが凍結されて正常でなくなったのである。

現在の開城工団は第一段階（百万坪）が盛んに建設中であった二〇〇七年十二月の水準にとどまっていると見れば間違いない。現在開城工団は第一段階の計画だった百万坪の約四十パーセントの土地に工場が立ち並んでいて、一二四個の稼働企業（北側労働者五万三千名）と七十個余りの営業所が運営されているのみである。残りの六十パーセントは裸地（地上の建築物や構造物がない土地）あるいは造りかけの工場の建築物の状態で放置されている。北側はこのような韓国政府の合意破棄について二〇〇八年以降持続的に問題を提起し続けている。

開城工団進出企業の現況を見ても同様である。

上の表の開城工団の企業創設・登録の現況は実は二〇〇八年の状況と大きな違いがない。

上の表に見られるように開城工団は土地分譲が二三九社、創設企業一九三社だが、実際の稼働企業は一二四社に過ぎない。土地を分譲されて企業まで創設したが、李明博政権が成立してから開城工団に対する追加投資と南北交流協力事業を実質的に凍結されたため、にっちもさっちもいかないまま手をこまねいている企業がほぼ百か所余りに達する。

二〇〇三年以降拡大の一途であった開城工団事業が二〇〇八年以降実質的に凍結されて、開城工団は突然、南北の和解協力と相生繁栄の象徴的な空間から対立と葛藤の空間、あるいは「洛東江《ナクトンガン》の鴨の卵〔のけ者〕」「みにくいアヒルの子」のような身の上に転落した。さらには対決主義的な南北関係の中で放置される状況が続いた。それで開城工団の意義と特徴、位置と役割などを論議するときは、しばしば二〇〇八年二月以前の正常な時期の開城工団とそれ以後の正常でない現在の姿が重なって現れる混乱をきたす。

開城工団の意義

開城工団が正常に稼動していた当時、工団は南北間の相互尊重と和解協力、共存共栄、平和繁栄を象徴する南北の互恵的な経済プロジェクトだった。加えて南北の住民の間の日常的な相互関係と文化的な交互の作用を通じて、自然な統一・平和文化形成の契機が作られ、蓄積されていた場所だった。

開城工団は北側の地域ではあるが、南側が五十年間土地を賃貸して開発・管理・運営、そして企業誘致などを北側から委任を受けて主導的に推進する場所である。北側の経済管理制度とは違って「開城工業地区法」に準拠して各種下位規定と細則・準則などを別に定めて運営している南北間の最初の経済特区であると理解すればいい。

しかしこのような意義は二〇〇八年以降南北関係が相生と協力ではなく対立と敵対へと変わることによって肯定的な評価は消え、いつしか開城工団を過小評価し、否定し、否定的な側面を歪曲し、誤った方向に導く事例が増えていき、一夜にして「みにくいアヒルの子」「洛東江の鴨の卵」になってしまった。加えて開城工団に対する意図的な歪曲と誤った導きが社会的に拡散することで開城工団に対する国民の誤解もかなりたくさん生まれた。

開城工団の正常化は根本的に南北当局間の平和的な関係正常化がなされない限り不可能だ。三通問題（通行、通信、通関）など、開城工団を取り巻く物理的な制約要因は実は韓国の企業にとって致命的なものではない。何よりも致命的な制約要因はまさに南北当局間の敵対的な関係だ。それが毎日開城工団を不安にする核心的な制約要因である。開城工団のような南北経済協力事業がもたらす民族的、国家的次元の経済的、平和的、社会文化的な良い機能を考えるなら、対立的な南北関係の象徴である五・二四措置などの正常でない措置は廃止されなければならない。

北側にとって開城工団はどんな場所か

一つ強調したいことがある。開城工団の象徴的な意義や位置については、「六・一五の玉のような息子」や「互恵的南北経済協力プロジェクト」「平和プロジェクト」など多様な評価と意義がある。しかしこれは大部分韓国の評価である。ならば北側にとって開城工団はどんな意味を持つのだろうか。開城工団で四年間北側の官僚、党職員、労働者と直接ぶつかりながら体験的に学び、感じた彼らの認識は、我々の認識とは次元と水準が異なるものだった。

何よりも北側は開城工団を単なる南北経済協力の場とは見ていない。彼らにとって開城工団は「分断六十年を克服して新しい南北平和の時代を開く歴史的な象徴」であり、「民族統一の未来を描く生きた実質的象徴、最高の象徴」として非常に特別な場所と認識している。我々は知らず知らずのうちに開城工団を経済協力の象徴とみなす態度をとっているが、彼らはどんな状況にあっても「統一」と「平和」の価値をもっとも重要視する。既存の反共・反北の理念から見れば北側の人々がこのような評価をすること自体がとてもおかしく、奇妙に聞こえるかもしれない。しかしこれは真実である。

金正日《キムジョンイル》国防委員長は二〇〇七年の南北首脳会談当時、開城工団に関連して「北南経済協力事業は単なる経済の取引ではなく民族の和合と統一、繁栄に資するとても崇高な事業だと考える」と明らかにした。加えて開城工団が最初の計画通りに早く開発、発展できずにいることが残念だとしながら「開城工団がもっと早く進展することもできるのに、また南側にその意志があったらもっと早く進展するのに、そこに政治が関与し、周辺国も関与し、……それが（開城工団が）繁栄することを嫌う人々が多いのではないか。……南朝鮮の財力をすべて集めて南朝鮮当局のこのような投資がなされなければならない。……そのような経済協力の問題が上程さ
れれば総理級の会談をするなどしなければならない」と言った。

これに加えて北側は、南と北の当局が心を合わせ、右往左往せずに開城工団の開発と運営の成功と速やかな成果を土台に政治・軍事的な信頼構築と平和体制樹立の段階を全面的に開くことができるだろうと判断した。こうして南北当局が決心さえすれば確実に分断を乗り越える平和的な関係を構築することができるだろうと確信した。北側のそのような意志が、韓国側の段階的な開発計画と南の内部の葛藤による意見の違いにより電撃的に進行できないことについて残念な心の内を表したものだったのだ。

開城工団は統一朝鮮半島連邦国家の首都？

南北の既存の合意通りなら、二〇一二年に開城工団全体の二千万坪の開発が終わり、二千余りの企業が毎年五百億ドル以上を生産し、約五十万名規模の巨大都市が造られたはずだった。また、開城工団は工団と商業地域を含め、世界的な輸出基地と観光特区として東北アジアの拠点の平和都市へと飛躍したはずだった。

実は開城工団の地域は北側にとっては大変重要な軍事戦略地域だ。こんな場所を、国家社会

主義の計画経済を根幹とする北側が、資本主義の自由市場経済を根幹とする南側に、国家指導者の決定でさっと提供したのはそれだけの理由があったのである。筆者はそれを北側が長期的に開城を暫定的「統一朝鮮半島の連邦国家の首都」候補としていたのだろうと見る。開城は朝鮮半島の中央に位置し、ソウルと平壌《ピョンヤン》からそれぞれ一時間と一時間半の距離にあるため、連邦政府の首都として最適地になりうる。

北側は統一の方法として「高麗民主連邦共和国」（一九八〇年十月朝鮮労働党第六回党大会）案を提示した。いわゆる「連邦制」統一法案として知られた高麗民主連邦共和国案は一九六〇年の「南北連邦制」と一九七三年の「高麗連邦共和国」案を補完し体系的に整えた北側の統一政策の完成版である。北側は「高麗民主連邦共和国」が堅持しなければならない原則として、自主、民主、中立、平和を挙げる。特に互いに異なる思想と制度の地域自治政府であるから連邦国家は対外的に中立路線を堅持しなければならないと主張する。

北側は「高麗」を「朝鮮時代」に先立って朝鮮半島にあった統一国家と評価する。そしてその延長線上で南と北が新しく統一された国を建設するにあたって、その国号を「高麗民主連邦共和国」と上程しているのである。実は北側は新羅《シルラ》の三国統一を我々のように高く評価していない。むしろ唐という外部勢力を介入させて民族の主体性を阻害して民族の国家権益を非常に縮小した否定的な歴史とみなす。

ここから金正日国防委員長が推進した開城工団の特徴的な意義を類推することができる。結局金正日国防委員長は、金日成《キムイルソン》主席の統一の遺志を引き継ぐ観点から、統一朝鮮半島の未来像である「高麗民主連邦共和国」を念頭に置いて、開城工団をその首都として南北が一緒に開発、発展させようとする意志を持っていただろうという推測である。

北側にとって開城工団は、南北統一と平和の新しい歴史を開く最初のきっかけであり、巨大な構想の土台として、その象徴性はそれこそ、とてつもない意味だったということができる。このような開城工団の意義が南北対決主義の時代に入って全面的に色褪せる過程は、北側にとっては統一と平和の未来が崩壊することとして受け取られただろう。北側の内部では、開城工団が正常でなくなったのは、六・一五と一〇・四が否定されたことと同じくらい実にとてつもない意味であった。

5 開城工団についての誤解と真実

開城工団についての誤解

1　開城工団は貢ぎだ？

否。北側と比べてむしろ我々が何倍も多く稼いでいる場所だ。毎年一億ドル（賃金、税金）にも満たない金額を投資して、最低十五〜三十億ドル以上の価値を生産して儲けてくる場所だ。大義名分と象徴的な意味では、南北が共に経済的に大変大きくウィンウィンする場所であるが、もう少し厳密で正確に評価すれば我々が北側よりも何倍、何十倍も多く稼ぎ、国家経済の観点で比較することができないほどより多く儲けてくる場所である。五万三千余名の北側の労働者の賃金と税金を合わせて一年に約一億ドル（約九百億ウォン）程度が北側に入り、そこでの我々の生産高は最低約十五億〜三十億ドル以上にのぼる。

政府の発表によれば、工団の一年の生産高は約五億ドルに過ぎないが、この数値には弱点がある。ＯＥＭ（発注者商標制作－単純加工請負）が主流を占めている開城《ケソン》工団の場合、企業の生産高は加工請負料（縫製費）を基準として算定する。すなわち製品の供給価格、工場卸価格ではない単純加工請負料のみで算定されるので、大幅に縮小されるのである。これを工場卸価格や消費者価格に拡大すればその差異は少なくとも五～十倍、あるいはそれ以上もなりうる。

開城工業地区法にしたがって毎年一～三月にすべての企業は前年度の会計決算資料を整理する。この資料は企業内秘密なので公開することができないが、大部分の開城工団の企業は極端な状況さえなければ少なからず収益を上げる。

一時的な閉鎖措置の後、ほとんどすべての企業が再び開城工団に入った。これは何を意味するのか。北側に貢いでばかりいる場所ならば、「利潤」を目的とする企業が入る理由がない。なぜ経営者たちは南北関係がこれほど険悪な状況においても開城工団に入ろうとするのだろうか。

開城工団が持っている競争力のためである。南側の資本と技術、北側の労働力と土地が出会った開城工団は、実質的に世界最高の競争力を持ち合わせている。一言で言えば、零細中小企業にとって開城工団ほどの場所は全世界にどこにもない。

二〇一三年の六か月間、開城工団の稼働が中断されたとき、開城工団の経営者たちは、代替工場を物色するために東南アジアなどいろいろな海外の工団を見て回った。そして結論を出した。「海外のどこに行っても開城工団よりも優れた競争力を持ったところはない。開城で利潤を創出することができないとすればそれはすでに企業ではない！」

■ 2008-11年　南北経済協力の縮小、中断による経済損失

（現代経済研究院、単位：一万ドル）

	南側損失額	北側損失額
開城工団	409,902（41億ドル）40倍	9,535（1億ドル）
南北交易	303,817（30億ドル）	131,039（13億ドル）
金剛山／開城観光	103,864（10億ドル）/ 3,303	17,553（1億7,000万ドル）/ 3,900
合計	約83億ドル（10兆）/ 4倍	約16億ドル
経済誘発効果損失	240億ドル（26兆5,000億ウォン）	

確実なことは、我々が投資に見合った確実な収益を上げているということである。「北朝鮮貢ぎ」ではない「大変な稼ぎ」の実質的な例こそが開城工団なのである。平和もそうである。南北の平和は我々にとって大変な稼ぎの客観的な環境として作用しうる。そのような意味において、平和は大当りである。

そのような側面で開城工団のような南北経済協力の事例が拡大すれば、韓国経済にとって確実なブルー・オーシャン（競合相手のいない領域）になりうる。ウィンウィンを超えて、国家の品格が変わるほどとてつもない経済の大跳躍が成し遂げられるだろう。

2　開城工団は北側の指導部の「金づる」である?

否。北側の労働者に対する賃金支給体系と独立採算制などの経済改革措置を知らない人が言うことだ。開城工団を管理する北側当局（中央特区開発指導総局）は北側の労働者一人当た

り平均七万ウォン（平均賃金から税金などを控除した後の実際の受領額）程度のお金で最低二人（一家族四人、そのうち二人が工団勤務と仮定した場合）の一か月の生活費をまかなわなければならない。北側では生活を「食べて、着て、住む問題」すなわち食衣住の問題だと考える。「衣食住」と呼ぶ我々と違って、食べる問題を着る問題よりも優先する。彼らの生活の責任を負うためには国際穀物市場で穀物を輸入しなければならない。開城工団の労働者たちを飢えさせないことははっきりしているが、その程度の金でどこで穀物を買ってくることができるだろうか。言い換えれば、労働者たちの生活問題を解決するのにも一杯いっぱいな状況でそれ以外に転用する金などないという意味である。

　北側にとって開城工団は経済的な価値以前に、南北関係全体を平和的な関係に定着させていこうとする偉大な構想であった。体制の生き残りを安定的に担保したのち、すべての国家の力量を人民経済の建設に投資するためには平和が前提とならなければならないが、その平和のための上策と前提こそが南と北の平和だ。したがって南北を対立と敵対ではない平和体制に向かって収斂《しゅうれん》するために開城工団のような経済協力事業が経済的－構造的な安全装置として必要だったのである。同じような脈絡で、北側は相変わらず今でも金剛山《クムガンサン》観光の再開など六・一五、一〇・四時代に象徴される政治的軍事的次元の平和的な関係正常化を韓国政府に要求しているのである。

例えば、はじめて開城工団を作った当時北側の労働者たちの賃金水準を月二百ドル程度で合意しようとした。ところがそれを最終的に二十五パーセントの水準である五十ドルに確定したのは他でもない北側の金正日《キムジョンイル》国防委員長であった。理由は簡単だった。開城工団に投資した南側の企業が早い時期に成功してお金をたくさん儲けてこそ、さらなる工団の拡大が可能になると判断し、そのようにしてたくさんの南北経済協力工団ができてこそ、南と北の平和が実質的に構造化されると考えたのである。開城工団が指導部の金づるや外貨稼ぎの手段だという類の評価と固定観念では説明が不可能な部分である。

一方、北側はロシアと中国、中東などに労働力を送り出している。中国とロシアに送り出した労働力の賃金は月額平均三百ドル以上である。中東に出て行く労働力は、多い場合は月千ドルもの高所得を稼ぐ。もしも彼らが本当に開城工団の事業を「経済的観点」での「金づる」としてだけ見ていたならば、開城工団を閉めて、該当する労働力を海外に送り出しただろう。なのになぜ彼らは開城工団を維持しているのだろうか。敵対的関係の中で「資本主義黄色風〔低俗で退廃的な機会主義的風潮〕の震源地」である、自身の体制にとって、極めて不安定な環境として作用する開城工団をなぜ維持し続けているのだろうか。我々は開城工団だけでなく、北朝鮮をあまりにも知らない。

■ 開城工団賃金支給体系

賃金支給	両替後 引き継ぎ	文化施策費控除 生活費、 物資算出	生活費受領	その他 生活必需品購入
企業→ 総局	総局→ 経営局	経営局	経営局→ 統計局→労働者	供給所→ 労働者

否。北側の労働者たちの賃金支給体系を知らないからこのようなことを言うのだ。賃金の大部分は商品供給券で支給される。北側の労働者たちの賃金は自分たちが働いただけ正確に算定されてドル換算され、毎月全体の労働時間についての確認を労働者たちが自ら署名（北側の用語で「手標」）確認する。

3 労働者の賃金を国家が持って行く？

一般的に北側では賃金とは言わず生活費－労働報酬（生活費と加給金、賞金、奨励金などから成る）と言う。労働報酬の三十パーセントは社会文化施策費（無償教育－無償医療などのいわゆる社会主義国家の施策運営基金）として控除され、残りの七十パーセントの金額は大部分商品供給券で支給される。その残りの金額だけ、北側の貨幣（朝鮮ウォン）で支給される。商品供給券は開城工団の労働者を対象とした専用商品供給所で、お米、小麦粉、野菜などの食料品と生活用品に交換することができる。商品供給所で交換される商品は国定価格であるため市場の価格よりもはるかに有利なので、商品供給券は大部分食べ物と基本的な生活用品の購買に使用する。その他の生活費は集団主義が色濃い体制の特性上、各種相互扶助（誕生日、お祝い、葬式など）や追加の生活必需品購入などに使われる。

前ページの表に見るように、毎月企業が総局に全体の賃金をドルで支給すれば、総局はこれを北朝鮮貨幣に両替して経営局に引き継ぐ。総局の経営局は内閣傘下の機関である総局と開城市の人民委員会との業務連繫を担当する機関と理解すれば良い。経営局は社会文化施策費（労働報酬三十パーセント）を控除した個人別の生活費と物資（事前に労働者たちが生活費の限度内で購入することにした各種生活必需品）を算出して割り当てる。そのあと生活費は月末に会社別の北側の統計員が経営局から引き受けて労働者たちに支給する（開城工団の賃金はドルを機軸通貨とするが、北側には外貨為替市場－銀行がないために総局がドルを朝鮮ウォンに換算して支給する）。

4　労働者たちは訓練を受けたエリートだけが来る？

否。開城市と近隣の可用労働力の大部分は開城工団で働いている。特別に他の地域から選抜されて来るのではない。開城工団の最も大きな問題は、慢性的な労働力不足である。すなわち企業が要求するだけの労働者を供給することができないことが一番の問題である。開城市と近隣の地域で動員できるすべての労働力が開城工団に入ってきているのに、企業が望むだけの供給がなされていないのである。労働力自体が貴重なので適正な労働力でないにもかかわらず無条件に採用することが多い。労働者を採用して仕事をさせる分だけお金になると思われるほど、労働力不足が深刻である。特別に人を選抜するだの何だのという余裕がない。

開城工団の真実

1 南北相生の経済協力－平和のモデル

正常に運営されていた頃の開城工団は、南北双方にとって実質的な利益を担保してくれる互恵的な経済プロジェクトだった。もちろん当局の対立的な関係の持続など、制約要因が多くはあるが、今も本質的な趣旨においては大きく変わらない。開城工団は高費用、低効率の生産環境、3D〔汚い、危険、難しい〕業種の忌避、高賃金、高い土地と物流費用などで競争力が落ちる南側の企業にとって、確実な競争力を担保してくれる突破口であった。

画一的に全く同じように適用される基本賃金月七十ドルの、競争力がある人件費、ソウルからわずか一時間の距離による物流費用の節約、無関税など開城工団は中国やベトナムなど他のどんな海外工団よりも有利な条件を備えている。

北側は第一段階の百万坪についての土地の賃料を特に受け取らなかった。該当の敷地にあった障害物撤去の名目で一坪当たり一ドルにも満たない金額を受け取っただけで、ほぼタダで百万坪の軍事的安保要衝の地を差し出したのである。当時北側は工団の敷地の近くにあった第六師団と第六十四師団の二つの軍団の砲兵連隊を五～十キロメートル後退させた。

入居企業は、同じ言語を使い、技術習得の速度が速く優秀な学習能力を持つ北側の労働者たちを雇用することによって、中国やベトナムに進出した他の企業と比べて相対的に速く安定軌道に乗せることができた。特に開城工団内の縫製、電気電子、機械金属などの労働集約業種は世界最高の競争力を持っている。

もちろん北側にも利益がある。資本主義の市場経済についての理解を深め、税の制度や会計制度などの資本主義の運営原理と制度など、見慣れない領域を理解することができるようになるだけでなく、消費財と軽工業の分野の技術修得と工場運営、工団運営のノウハウ修得などの間接的な機会にもなる。

何よりも開城工団は南と北の政治、経済、社会文化と法制度と考え方、価値観、慣習など相互に学習し学んでいく機会の場である。すなわち、開城工団は南北和解と平和の象徴である。南北の軍事的緊張と対決を構造的に防いでくれる制度的な安全装置である開城工団の平和的価値は説明する必要もないだろう。南と北の企業家と労働者たちが毎日毎日互いの違いと差異を学び、それに慣れながら相互の寛容と包容力で小さい平和と統一の事例を蓄積していく奇跡の場所である。このような場所が、いったい他に世界のどこにありうるというのだろうか。分断を超えて平和へと向かわなければならない我々にとって、開城工団は平和へと進む道の象徴的な学びの場なのである。

2　北側の市場経済の学習場

開城工団は、好むと好まざるとにかかわらず、北側にとっても経済的な側面で色々な変化をもたらした。南北が互いに学ぶことも少なくないが、開城工団の企業運営は資本主義の経済秩序に立脚したものであるため、北側は資本主義の経済秩序を間接的にせよ体験しているのである。

経済的な側面でも開城工団は北側に色々な変化をもたらした。南側の技術力と資本を基礎に、一つの生産基地を開城地域に建設したことは、北側の地域経済に新しい活気を吹き込んだ。直接的に開城工団事業は五万三千名の北側の労働者を雇用することで開城市と近隣の経済を安定的に活性化させる効果を生んだ。それは大きな枠の中で北側の経済に新しい活力を与えることができる可能性を提起することでもある。

また、そのすべては文化的・経済的な「違い」を相互に体得していく過程でもある。北側が我々の市場経済を体験しているという事実は、それ自体だけでもとてつもない象徴である。北側の官僚と労働者たちが税務と会計を学び、北側の労働者たちが南側の企業に勤務して日常的に物量受注、商品、販売、納期遵守、成果報酬、生産性などの市場経済の諸概念を学んでいるということは本当に簡単ではない事例なのである。

彼らは社会主義経済の弊害である「平均主義」を排撃して生産性と利潤の重要性を少しずつ認識するようになる。社会主義国家の経済、すなわち自給自足、国家供給（配給）経済のための目標量の生産ではなく、企業家の利潤創出のため、全体の生産性を高めるため、平均主義ではなく競争体制において、集団主義ではなく個人主義的な経済秩序を体験しているのである。それが北側の人々にとってどのような象徴的な意味を持つのか、その本質を見極めるならば、本当にとてつもない変化であることがわかる。

さらに北側の当局と機関が、資本主義の企業運営方式と市場経済を理解し、南側の現代式の工団施設の運営と管理方式を習得できる教育の場として、開城工団が機能しているということも看過してはならない重要な事実である。

3　軍事的緊張の解消と平和振興

開城工団の敷地は北側の軍事的な要衝地に位置している。したがって、その位置の重要性から、工団開発の初期より軍事的緊張の緩和と平和定着の側面において大きく注目された。

開城工団は軍事境界線（ＭＤＬ）からわずか五～六キロメートル北に位置しており、北側の対南軍事戦略にかなりの影響を及ぼす地点である。開城は朝鮮戦争当時、北側がソウルに入ってくる二つの主な攻撃ルートのうちの一つであったほど重要な軍事的要衝として、軍事力の密集地域でもあった。

開城工団は、南北の軍事力の密集地帯と非武装地帯、軍事境界線を南側の人と車両が毎日往来しながら、その存在自体が南北の政治・軍事的な緊張と危機を緩和―緩衝する役割を果たしている場所である。北側のミサイル発射と核実験の渦中にも開城工団は稼働したし、天安《チョナナム》艦事件と延坪《ヨンピョン》島《ド》砲撃事件の暗い危機的状況でも一日も休まなかった。すでに南と北の誰一人として、開城工団を一方的に閉鎖することができない状況と水準になっているほど、自らの生命力を担保しているのである。

4　南北平和の確実な安全装置

数十回以上の成果のない当局間の会談よりも、日常的な開城工団の維持の方がもっと実効性のある平和装置である。対決と敵対という根本的な対北朝鮮認識の図式が変わらない状況において、政府の当局者たちの曖昧な対北朝鮮政策の乱発に果たして何の効果があるというのだろう。南北の労働者たちが毎日南北経済協力を通じた相生発展のために一緒に額を突き合わせて働く平和実現の場がまさに開城工団なのである。開城工団にはすでに広義の統一、すなわち平和が定着しつつある。緊張の高まりを構造的に防ぐ平和、南北平和体制が、開城工団においてだけはすでに実現しつつあるのである。

このように開城工団は南と北を平和体制に束ねていく役割を果たしている。南と北の両当局が消耗的な対立と敵対に明け暮れている間、政治・経済的、社会文化的、国際政治的な側面において、誰も勝手にどうこうすることができない、平和体制構築の役割として作用しているのである。

開城工団は、このように対立的な関係に後退した南北関係を別途の政治・経済的な費用負担なしに復元させることができる媒介としての役割を果たしている。南と北が相互に真摯な姿勢で対話のテーブルに座りさえすれば、正常な南北関係はすぐに始められる。およそ五・二四措置解除問題など、南北のいろいろな懸案や争点を解決する方法の模索のもっとも確実な場が、開城工団正常化の路程と共にある。

6 南北平和経済の大当たりのために

二〇一四年のはじめから政府は「統一は大当たり」だと言って統一大当たり論を全面的に展開した。実は「平和が大当たり」なのである。準備されていない統一は災難を引き寄せ、ことを台無しにする可能性がある。準備さえちゃんとすれば、平和だけでも十分大当たりになることを開城工団の実証的な事例で確認することができる。

平和は非常に簡単である。南と北が相互に尊重すればいいのである。相互尊重！　平和と統一は相互尊重に始まり、相互尊重で完成する。一九七二年七・四南北共同声明、一九九二年南北基本合意、二〇〇〇年六・一五共同宣言、二〇〇七年一〇・四宣言まで、そのすべてに通ずる一つの基本原則があるとすればそれはまさに「相互尊重」である。徹底的に相互作用の関係であるしかない南北関係において、相互尊重の精神が真摯に守られるならば、糸巻きのような南北問題はほとんどすべて解決する。

相互尊重は対話のテーブルに座った瞬間に始まる。相手を克服すべき、制圧すべき対象としてではなく、共に共存しなければならない対話の相手として認めた瞬間に相互尊重は始まる。

北側の経済的、社会的な変化はとてつもない。長い間準備されてきた経済改革措置が汎国家的な次元で進行しつつある。二〇一三年三月に労働党中央委員会全員会議が「経済建設と核兵器製造の併進路線」を採択したのち、広範囲の経済改革措置（経済開発等）が進行中であり、その変化の速度と幅は大変速く、広い。すべての単位に「独立採算制」が全面的に実施されることで各級人民委員会、企業所など、経済単位の財政的な自立性が伸長するなど、全部門にわたって経済発展のための総力戦が展開中である。一言で言えば北側の経済的、社会的な変化は肯定的でとてつもないと評価できるほど大きく、広範囲にわたり、深い。

にもかかわらず韓国社会はこれを正しく認識することも評価することもできないでいる。北側の経済的、社会的な変化と発展は周知の既定事実である。ただ持続性が未知数なだけである。二〇一三年一年間の変化はそれ以前の十年よりもっと大きいと言えるほど爆発的である。二〇一四年も同様であった。桑田滄海《そうでんそうかい》の変化が平壌《ピョンヤン》と主要都市で起きている。

このとてつもない変化の波に乗らなければならない。簡単である。南と北が手を携えればいいのである。それが大当たりである。北側はずっと手を握ろうと言う。我々が手を差し出せばいいのである。冷戦式の思考にとらわれた消耗的な政争と理念ではなく、究極的な国民の幸福のための経済的な実利、平和的な実利、安保上の実利、品格のある国民の幸福の価値のために、我々が手を差し出して北側の手を握ればいい。

北側は朴槿恵《パククネ》政権の初期から終始一貫して当局間の平和的関係の正常化を要求してきた。平和攻勢ではなく、真摯な平和的関係を要求しているのである。ところが我々は我々式の基準の曖昧な「真摯さ」を持ち出して顔を背けている。今度はむしろ北側が我々の真摯さを問題にしている。

南北関係は徹底的に知る分だけ見える。北を知らなければならない。南北関係を本当に正しく知らなければならない。群盲象を撫でる式の空虚な分析、退行的理念対決と政治的な歪曲を中断しなければならない。対決と克服、否定の対象として北側を追い詰めるのではなく、平和の中で互いに共存するしかないことを明確に直視しなければならない。大韓民国の総体的な北朝鮮無知が分断を深刻にしている。

南北平和経済は南と北、我々民族が有史以来経験したことのないとてつもない経済的な大当たりと平和の大当たり、次元の高い国家の品格を具現化させてくれるだろう。創造的国家の大革新が平和の中で可能になるだろう。

「相互尊重」があればいいのだ。お金は一銭もかからない。統一費用は虚構であり、嘘である。いつまで総体的な北朝鮮無知によって軍事的な災難の危険をはらみつつ生きるつもりなのだろう？　相互尊重の原則一つさえあれば南北の品格のある平和統一繁栄国家を具現化することができる。本当に易しくて簡単だ。相互尊重だ。

工団に接している北側の民家と学校のようす。壁面に「朝鮮のために学ぼう」というスローガンがある。(Photo by キムジニャン)

Part 2

開城工団には人が住んでいる

1

共存のための相互尊重の対話が必要だ
——キムジョンソクチーム長

（取材　イヨング）

二〇一四年、大統領就任一周年、突然「統一準備委員会」を大統領直属で作るというニュースが舞い込んできた。ちょうど開城工団関連のインタビューをしに行く日だったので、統一にはどのような準備が必要だろうかとしばらく考えてみる。

ある者にとっては分断の痛みは肉親の情を引き裂いた断腸の思いだっただろう。ちょうど南北離散家族の面会行事が金剛山《クムガンサン》で行われている。八十を過ぎた方々が分断六十年余ぶりに父、母など肉親に会い、再び会うことのできない別れをしていた。六十年余りの間に分断体制は固定化されたが、それなりに南北交流のかすかな希望となっている「開城《ケソン》工団」に関連した深い話を聞きたかった。

今日会う人は、開城工団の管理機関に勤務していたというから、企業の経営者よりも巨視的な観点から語ってくれるだろうと思う。

エレベーターの前まで迎えに来てくれた彼と挨拶をする。握手する手がしっかりしている。

――開城工団で担当なさった仕事について簡単に紹介してください。

管理機関で一般的な管理行政の仕事をしました。南と北は互いに行政の体制が異なるのでそのような問題を協議し、執行し、北側と調整する仕事をしました。

――企業で聞くことのできる現場の話よりは全般的な話をお聞かせ願えると思います。どんなお話からしていただけますか。

韓国社会でこんな言葉をよく聞きました。「開城工団は北朝鮮を改革開放へと導く工団だ」と。その言葉は我々の間では開城工団の意義を説得する言葉として使用されますが、北朝鮮にとっては、吸収統一を前提とする腹の立つ言葉として聞こえる側面があります。私が担当していた仕事の特性上、二種類の話をしてみようと思います。一つめは、北朝鮮は経済特区を成功させるために法制度や技術などを南側から受け入れるのですが、それらは果たしてどのような条件において可能なのか、ということです。そしてもう一つは、開城工団はしばしば「小さな統一の空間」と言われるのですが、そのような統一を成し遂げるためにはどのような努力が必要なのか、ということです。

ちょっと意外かも知れませんが、まず「開城工団が北朝鮮を改革開放に導く力として機能するだろう」という韓国民の普遍的な考えに反することから言わなければならないと思います。一方的に我々の制度を北朝鮮の体制に移植してそれを根付かせることができると信じること自体が荒唐無稽だと思います。我々の見方では、北朝鮮の体制は脆弱でお粗末に見えますが、それなりに七十年続いているのだから、我々の知らない耐久性があるのだという点を認めなければなりません。「インスタントラーメンの袋だけ見せても北朝鮮社会が崩壊する」だろうと値踏みしていたことは我々の一方的な判断であり、思い違いです。

行政システムを例にとって話しましょうか。一つの国家や体制には法令のように表示された文化と制度の他にも、慣習化されたり内在化されたシステムがあります。しかしある国家に外部から強要された、または形式だけを借りた行政システムを移植するとしたら、果たして成功するでしょうか。例えば、国連の平和維持軍が派遣されるときは、別途の行政支援チームが同行します。ところが行政支援チームの大部分は西欧で訓練された人々で構成されているため、しばしば現地の文化と摩擦を起こします。それを克服するためには一定の期間相手の文化を理解する適応過程が必要です。

――韓国も解放後アメリカの行政システムを形式的にはそのまま受け入れたが、実際には内容を伴わなかったと言います。初期の開城工団入居企業が、北側の労働者たちにあたかも発

展途上国の移住労働者を相手にするように接して、摩擦を引き起こしたという話もありましたね。

そうです。すでに外国では結論が出た話です。前に話した国連平和維持軍が東ティモールやソマリアのような場所に派遣されたときも全く同じ状況と悩みがあったということです、今になって思うのですが、開城工団に私のような行政官僚ではなく、長期的に社会学者または心理学者、文化の専門家たちも派遣されていたらもっと良くなったのではないか、と残念です。

南北間には文化的で制度的な違いが明らかにあります。刑事的な政策の一例を挙げれば、南側で個人を拘禁するということは、国家でその個人の身柄を拘束して衣食住は保証するが個人の自由を制限して経済活動を抑制することです。しかし北側の場合は再教育と直接的な強制手段がもっと発達しています。西欧化された法制度が私有財産権を基本的に保護するという面において発達したとすれば、私有財産の所有が明示的に禁止された北側では、国家が提供するすべての福利厚生から疎外する方式で個人を強制するという点で大きな違いがあります。すなわち、刑罰を受ける人は強制労働に動員されても衣食住を配給されず、自らそれの責任を負わなければならないのです。このように些細ですが微妙なシステムの違いが実はかなりの本質的な差異なのですが、このような多種多様な違いを理解できなければ今後統一に向かう過程で問題になることでしょう。

不信と対立の構図から生まれる悪循環

——開城工団で勤務しながら実務的に経験した困難な点があるとすれば……

北側の人々が市場経済や資本主義をよく理解できないという点を知っておく必要があります。一度も経験したことがないことなので、当然そうなるしかないでしょう？　だから一方では、我々が北側にこのような資本主義と市場経済を理解させるのに腐心しましたが、それがもう一方では開城に進出した韓国企業に負担を負わせるブーメランとなって返ってくるということが現地で経験した困難です。このようなことはコインの両面のように同時に起きます。

開城工団には入居企業のための税務署があります。ところが北側には税金という概念自体がありません。それで北側に税金についての概念を教えて理解させたのですが、南北関係が難しくなって経済協力の問題が陣営対立の問題に転じる時期には、このような知識が南側の企業の脱税に対する監視として返ってきます。

また別の例を挙げれば、開城工団に進出した業者が円滑な生産ができず、初期の投資資金を担保貸し出しした南側の銀行が抵当権を行使して競売を進めると仮定しましょう。このような場合、優先順位の高い債権についての一部優先弁済や抵当権を保護しようとする努力は分断体制の壁にぶつかっています。北側では当然自分たちの賃金の債権を全額保証されることを望むため、南側の優先弁済権は制限されるか排除されます。二つの互いに異なる体制間の経済協力で発生する問題ではありますが、このような条件で南側のどんな銀行が開城工団の企業に快く担保貸し出しをしてくれるでしょうか。このような点が開城工団拡大の障碍なのです。

――北側に我々のシステムを理解させるのは易しくないですが、もっと大きな開城工団、もっと多くの開城工団が造られてこそ、もっと大きな利益を南と北で分かち合うことができるのではないでしょうか。

北側の変化を誘導するためには、投資が活性化しなければなりません。しかし前の例で見たように、北側が賃金の保全をより重視するとすれば、果たして南側の誰が開城工団に投資するでしょうか。だから具体的な状況では法的・制度的に韓国のシステムを尊重してくれと説得するしかありませんね。しかしそのような説得に対する北側の反応は、「投資をもっと拡大するわけでもないじゃないか。だから当座の賃金債権でも保全されなきゃ」というわけです。ところがその言葉が南側のマスコミでは北側の勝手な主張だと報道されます。一種の悪循環なのですが、これが現実です。このようにいわゆる南北当局の関係の全面断絶として象徴される五・二四措置の影響力が開城工団には色濃く残っています。当局の関係の正常化が根本なのです。

──工団で南北関係が確固たるものになれば双方に伝播する力が出て来うると思うのですが、現在は不信感に基づいた関係だということですね？

溶接や旋盤のような単純技術でもいいから若い世代を教育し訓練して生産性を高め、自分たちの経済に寄与するようにしたいという欲求が北側にあります。しかし開城工団の存立自体が問題になる対立構図の中では、このような欲求を具体化するのが難しいのではないかと思います。高度な技術に該当する業種は設備投資に元手がかかりますが、危険負担のせいで労働集約的な産業ばかり入っているので、開城工団はただの地方の農工団地のような役割を果たすしかないのです。

──ある日突然仲たがいすることもありうるという不信感が互いに沸き起これば、経営者たちも生産のための投資をためらうでしょうね。

いつ閉鎖されるかもわからない状況ならば、いる間に互いの利益を最大にしようとそれぞれ考えるだけでしょう。当然合理的な制度運営よりは口喧嘩のような方にばかり没頭します。そのため技術集約的な生産設備に対する投資よりは低賃金に基づいた労働集約産業、あるいは資金回収が容易な業種を強化する方向に進むようになります。実際北側が望むのは高度な技術を伝授されることなのですが、このような状況ならば不可能だと考えなければなりません。すべて不信から始まったことなのです。

韓国社会の内部についての反省がまず必要

――話題をちょっと変えてみましょう。管理機構で働いていたら北側の高級官僚たちとよく会っただろう思うのですが、面白い逸話などないですか。

開城工団を管掌する北側の中央特区開発指導総局は内閣機関ではありますが、閣僚級、次官級の方々には会えませんでした。ときどき高位級の方々が平壌から出てきたりもしますが、私が主に相手をした人々は保安、環境、貿易方面の人たちでした。民経連（民族経済協力連合会）のような「対外経済畑のスタッフ」たちが大部分だと思えばいいです。

――現場で北側の労働者たちに直接会うことは少なかったのでしょうね。

そうです。ときたま会ったこともありますが、そのとき思ったことは前に言った二つ目の大きなテーマになるだろうと思います。南側の駐在員たちと北側の労働者たちがしょっちゅう会うようになれば、敵対意識がずいぶん緩和され、理解の幅が広がるだろうというのが一般の考えでしょうが、私の見方ではあまりそうは思いません。北側に対する否定的な認識の根源は、開城工団で南と北が正確に資本と労働によって区分されて出会うという点です。これがまさにトラブルの始発点でもあります。

例えば朝仕事をしていて突然機械が故障したと仮定してみてください。機械を修理して正常に戻すのに一時間かかったとすれば、南側（企業）の立場としてはすぐに続けて仕事をしなければならないと考えますが、北側（労働者）の考えはかなり違います。休み時間になれば、機械が動かなくて生じた休憩時間を考慮しないで休みます。こんなことが生じれば南側の駐在員たちは北側の労働者たちに、「こういうのが社会主義の弊害で非効率の極致」だと口々に言いますが、北側の労働者たちは、「機械が故障して修理するのは我々の責任ではない」と口答えをします。南側の立場と北側の立場のうちどちらが正しいでしょうか。いや、どちらが合理的でしょうか。これは実はどちらが正しいか間違っているかという問題ではありません。違うだけなのに、その違いを「間違い」として認識することでトラブルが生まれるのです。相互無知と考えることもできます。

――そうですかね……具体的な状況によってそれぞれの立場があるのではないでしょうか。

厳密に考えれば、南側の労働法規を適用するとしても北側の労働者たちの言葉が正しいです。会社は労働者たちが働くことができる条件を作らなければならない義務があるばかりか、休息時間も保証しなければなりません。それが労働法の論理です。ところがこのような問題が互いの間の合理的な解決に進まずに、先入観に基づいたトラブルに発展するのが問題なのです。
また、南側の駐在員たちは主にエンジニアで構成されていますが、韓国の経済成長期に体で技術を覚えた方が多いです。自負心も強くて、多くの方は自分の技術を北側の労働者たちに伝授することを渇望しています。ところがここで若干のオーバーアクションが発生します。

――あたかも射手と副射手〔軍隊用語：射手は副射手の生活全般の指導を行い、射手が除隊すると副射手が射手となり新任兵を指導する〕のような一種の徒弟関係を作りたがっているのですね。

はい、そうです。ところで、徒弟関係には若干の暴力構造が内包されています。彼らは「俺は〝パンチ〟を受けながら学んだ」といったふうに自分の経験を一般化して北側の労働者に対するのですが、これは北側の労働者たちにとっては受け入れがたい部分です。自分の経験に限った枝葉末節的な話であり、一部に不愉快に思われる方々がおられるかもしれないが、北側の労働者たちは大部分高卒以上です。それに対して南側のエンジニアたちは中卒が多いのです。ある面では南側の駐在員たちが北側の労働者たちよりも人文学的な教養が不足しているということも往々にして目にします。それで表面的には南側のエンジニアの指示を受けるのですが、内心では無視をするのです。このような点が南北間の雇用関係における困難として作用して摩擦を生み出します。

だから南と北の人々が会ったからといって異質感が解消されて無条件に理解の幅が広がるわけではないという思いがしますし、個人的にはむしろ北側の人々に出会って我々の企業文化を省みるようになりました。それが私が二番目にお話しするテーマです。韓国社会や企業には相変わらず封建的で暴力的な要素が残っていますが、我々だけでやっているときにはよく見えません。だから北側の人々を引き寄せようとするならば、まず我々の社会に対する反省も必要だと思います。

――あたかも南と北が鏡のようにお互いを振り返り反省する機会を作ってくれるのですね。

そうです。我々が我々内部の不合理な点を認めてこそ、北側の労働者たちも我々を見て「いろいろな違いにもかかわらず、仕事はよくやっていた」というような判断をしてくれるのではないでしょうか。

――仕事に対する「速度」を語るときによく出てくる話なのですが、北側の労働者たちは仕事効率がかなり悪いのでしょうか。南側の労働者たちが仕事をするようすの動画を見せたら、北側の労働者たちは「ビデオを早回ししているのではないですか」と言って信じなかったと聞きましたが。

そうです。南側の企業文化が労働者同士に競争させることでもって最高の生産性を引き出す方式であるのに対し、北側の労働者たちは高度な競争はあまりしたことがないのです。そして解雇の恐れもありません。南側のように仕事をもっとしたからといって成果報酬をもらったりもしないのです。そのせいで他の社会主義国家のように労働に対する経済的な補償体系が不十分で、それによる非効率性が生じることになり、そこから派生する労働文化の違いがあります。脱北者たちがときどきこんなことを言います。「南側で仕事をするみたいに北側でやっていたら、努力英雄になっていたでしょう」と。

――勤労〔労働〕基準法があっても競争社会というフレームの中で資本の論理が社会的圧力として作用し、自らの権利をまともに獲得できない事例もありますね。「南陽《ナミャン》油業事件」のように労使関係の横暴が我々の社会の企業文化の中に巣食っているじゃないですか。

今日も某企業の新入社員が研修でしごかれたという話がニュースで報道されました。このような暴力的な企業文化がまだ残っているのです。そして韓国社会自体がたいそう排他的で文化的な優越主義があるということも認めなければなりません。外国人の労働者たちに対して行われている差別を見ればわかるでしょう。我々が持っている労使文化には長所もあるけれど、一方ではそれが持っている弊害も明らかにあるのに、それを反省しないで「我々のものだけが最高」だと認識することが問題なのです。開城工団でもこのような点が企業と労働者の間にそのまま露出します。

開城工団で成功した企業の共通点

――開城工団では北側の労働者たちが気に入らないからといって解雇のような直接的な措置を講じることができないと聞きました。

そのような場合、手続きを踏んで解雇に似たようなことをすることもあります。他の業者に送るのです。しかしこれは知っておかなければなりません。韓国の法律でも企業が解雇しようとするなら適切な手続きを踏まなければならないし、解雇は最後の手段だということです。韓国の企業家たちはしばしば労働者たちを思い通りに解雇することができて、気に入らなければ暴力的に扱ってもいいという認識を持っているのですが、それは間違った考え方です。開城工団の経営者たちの中にも「俺の金をやって俺が仕事をさせているのにひっぱたくこともできないのか」と訴える人たちもいます。それこそあまりにも物を知らなさすぎます。

――韓国社会では解雇が難しい場合、自主退職を誘導するのが慣習のようになっていますが……

開城工団では現地の法人代表や駐在員が北側の職場長との協議を通じて企業を運営します。企業はこのような点について不満が多いのです。特に北側の労働者たちに対する人事権を南側（資本の側）で行使することを望みます。しかしドイツの場合でも資本側と労働側が参加した労使協議会で経営権を共同行使するのです。韓国の企業はこのようなシステムが理解できないでしょう。労使関係の文化はそれぞれその国の特殊な歴史的経験と社会的な条件を背景に生まれるのですが、それについての理解がないのです。何よりも資本優位である我々の労使関係の文化は普遍的なものではないことを知らなければならないのですが、韓国の企業は果たしてどれくらい知っているでしょうか。

――ドイツの場合、純粋に資本と労働が分離した形態だとみればいいでしょうか。そしてそのような労使関係が開城工団では可能であるというお言葉のように聞こえます。

そうです。それを韓国の企業は理解しなければなりません。

韓国には「我々の文化が優越していて我々のやり方が最善」であるという考えが蔓延しています。ひょっとして「腐敗の経済学」という言葉を聞いたことがおありでしょうか。韓国企業が他の国に進出するとき、あまりにも自然に彼の地の実力者を訪ねて行って接待するやり方に固執するというのです。このように適当に相手を腐敗させて利益を得ようとする慣習が韓国企業にはあります。

韓国の中小企業は大企業に叩かれ、高賃金の労働者たちに叩かれる構造です。中小企業が生き残るのが難しい構造なんです。これを解決するためには労使関係の横暴のような間違った慣習を正さなくてはなりませんが、それができないので安い人件費を求めて海外に進出するようなつもりで開城工団を考えたのです。中国やベトナムよりも近づきやすく、物流費など間接費用も少ないから魅力的なのです。

労使関係の横暴のような韓国社会の間違った慣習を解消し、経済の民主化を確保する過程において、南北交流協力事業を見なければなりません。そうしなれば開城工団が韓国社会の問題を隠蔽し転嫁する手段に転落してしまう可能性もあります。

現在開城工団で成功している企業はこのような問題を解決した企業です。「シヌォン」のような会社が模範事例ですが、彼らは労働者たちを人間的に扱っています。現地の法人代表と駐在員たちは雪が降ろうが雨が降ろうが変わらずに毎日出勤する北側の労働者一人ひとりに朝の挨拶をしてきたし、今も変わらずにしています。

北側の労働者たちを尊重し、自律性を尊重し始めるや否や、生産性が高くなり、企業が成功したということは、かなり励まされる話です。開城工団で成功している大部分の企業は北側の労働者たちに自律権を与え、北側をまともに理解しようと努力した企業です。かえって彼らに任せておいたらもっと上手くいったというところも少なくありません。彼らを統制しようとした途端、関係は壊れ、企業は困難に陥ります。

――従業員を人間的に扱ったなら世界のどこに進出しても成功が担保されるのではないでしょうか。北側の労働者たちに生産を完全に任せて成功した企業はどんなところなのですか。

はい、小規模の企業の場合生産を完全に任せて成果を上げたところもあります。企業が入居初期から北側の労働者たちに昼食時に暖かいスープを提供するなど、人間的な扱いと接近が効果をもたらした側面があります。信頼が信頼を生むのです。好意が好意を生みます。すべての人間関係が相互作用の関係であるように、企業と労働者の関係も同じなのです。韓国の企業がどれだけ胸襟を開くかが鍵である場所が開城工団なのです。

韓国社会の包容力が大きくなるように

――話題をちょっと変えてみましょう。北側の労働者たちを見ていて、開城工団事業以降、彼らが随分変わってきているということを感じるような点がありましたか。

人々が注目するのはだいたい外形上・外観上の変化です。例えば、北側の労働者たちが洋便器の使用法を学んだとか、はじめは韓国の一九七〇~八〇年代の田舎の人々のようにチマチョゴリを着ていたのが、今では洋装に化粧をして歩いている姿などに主眼点が置かれがちです。しかしそのような変化にばかり注目してはいけないと思います。

——開城工団が地政学的相互理解の始まりの地点だとすれば、北側の労働者たちの外形上の変化は心理的な変化と無関係ではありえないのではないでしょうか。

「共生」といえば互いの変化が前提となるものです。もちろん南側の駐在員と北側の労働者たちが使用する言語が似てくるなどという文化の相互浸透現象のようなものを目撃することもありました。しかし文化的な浸透というものにも限界があります。基本的に「自分のものが正しい」という前提で他人を見てしまうからです。

北側の人々はいわゆる「苦難の行軍」を生き抜き「自主国防」を成し遂げたという点で大変な自負心を持っています。しかし南側の視点で見れば、彼らの自負心は我々にとっては脅威です。これに対し、我々が持っている自負心は「良い暮らしをしている」ということですが、それを北側の視点で見れば、「アメリカに媚びへつらって」同じ同胞である北側を「いじめるのに先頭に立っている」というわけです。このような部分について互いに認めなければなりません。

相互尊重がない対話はひどく皮相的です。南側の駐在員と北側の職場長が対話をしても、互いに心を開いて対話をすることができないので、ただ身辺雑記を交換する程度で終わってしまいます。限界があるのです。だから北側の自主国防や三代の世襲、南側の経済発展などについて、その長所と短所を自由に話し、問題を提起することもできなければなりません。韓国社会でこのような話を気楽にすることができるとき、北側に対しても同じように変化を要求することができるのではないでしょうか。我々同士でもできない話を果たして開城工団ですることができるでしょうか。

——ある人たちは開城工団のような工団がもういくつかありさえすれば統一できるだろうと言います。

それだけでは足りません。開城工団事業の経験を通して見るとき、北側との交渉で「言葉」だけというのは意味がないことを悟りました。「共存のための対話」がなければなりません。我々が北側の価値を認め、受容することができてはじめて、北側に対しても批判する言葉が言えるのです。相手が発展的に変化することができる条件を作ってやり、相手に変化することで得られる利益を知らせてやって、相手が自ら変化できるようにすることが、互いの利益になります。我々も同じです。我々も北側との関係の中で発展的に大きく変化しなければなりません。

●取材後――

開城工団という二つの体制の境界線で我々の社会を改めて見直すようになったという語り手の言葉で、急に鏡が思い浮かんだ。鏡は光の透過度が異なる二つの媒質をつなげて作る。一つは透明で光をすべて受け入れるガラスで、もう一つは不透明な材質だ。奇異なことに光はこの二つの異質な材質の境界線で反射する。ドイツの哲学者ウィトゲンシュタインも、「ある世界を理解する道は、その世界の外に置かれている」と言ったではないか。

一九九二年二月十九日に締結された「南北間の和解と不可侵及び交流協力に関する合意書」は、南と北の関係を「国と国の間の関係ではなく統一を目指す過程で暫定的に形成された特殊な関係」と表現して「南と北は互いに相手の体制を認め、尊重」しなければならないと明示した。あれから二十年余りが経った今の現実はどうなのか反問してみるべきだろう。

若い世代に統一を語るのは難しい。彼らは分断による痛みや親族間の生き別れの記憶がないからである。活字化された分断と戦争の話がもう彼らの心には何も響かない今日、分断体制が強固になってそれぞれ別個の国家のように認識されている今日、南北基本合意書の精神を改めてもう一度考えさせられる。

2

開城工団にいて自分が進むべき道を見つけた

――パクサンチョル課長

（取材　イヨング）

全州《チョンジュ》に向かう道はのどかに晴れていた。語り手は家が田舎ですまないと電話で何度も謝ったが、おかげでいつ来たのかわからなかった春を満喫することになった。おおらかなようすで人のいい笑顔が印象的な彼は開城《ケソン》工団初期から働いていたという。

現在中堅企業の中間管理職として北側の労働者たちの相手をする実務的な仕事をしており、開城工団内の南側の駐在員の集まりでも熱心に活動しているという。多様な経験をしてみたくて開城工団でも多くの人々と交際したという彼にやっと会うことができた。

――ご自身と会社でなさっている業務について簡単に紹介してください。

結婚して子供が二人、商学部卒です。会社では海外工場管理を受け持っていました。開城工団も「海外」だと会社では判断したのです。海外勤務手当も受け取りましたよ（笑）。危険地域だと言って保険にも入らせてくれました。初期に会社をセッティングする業務を担当しました。今から考えれば開城工団に派遣されたことが個人的にはいい経験でした。二〇〇五年に会社が開城工団の入居企業に選ばれた後、工団を訪問して二〇〇七年から常駐しました。国内の内需市場の繊維縫製業種の上位七十～八十パーセントを占める企業は、今は皆開城工団にいると思えばいいです。

――入居初期から関与なさったのですね。北側の人々をはじめて見たときはどうでしたか。

開城工団に派遣されてから二年後に代理に昇進して、最近課長に昇進しました。人事、給与、福利、厚生などの労働者管理の第一線の業務をしていると北側の労働者たちの喜びや悲しみに直接接することができました。比較的年齢が若い方なので、北側の労働者たちとの接触も気兼ねなくすることができました。

はじめの四年間は二週間に一回ずつ、次の二年間は毎週家に帰って来ました。運が良ければ、北側の労働者たちが「文化生活」をする日を利用して、家に早く帰って来たりもしました。文化生活とは、北側の労働者たち同士で半日の間思想教養活動をしたり、内部の生活総和〔自己・相互批判〕をしたりすることを言います。

親戚の中に北側出身の人がいたのですが、生涯北朝鮮の故郷を恋しがりながら亡くなりました。そのせいか、幼い時から北朝鮮に対する関心があって、開城工団で働くことに抵抗がありませんでした。

私は反共教育を受けて育った世代です。小学校の時、ひと月に一回程度講堂に集まって反共映画を見たのですが、「トリ将軍」が特に記憶に残っています。北側の人々を角の生えた人間として描写していたのを今でも鮮明に覚えています。このような二つの思いが均衡を保ちながら、少なくとも偏狭な視点で北側を見ることはなかったと思います。

同床異夢の乖離感

――北側の女性労働者たちが、南側の男性駐在員たちに好感を持つという話がありましたが、若い方なので大層人気があるのではないかと思います。開城工団に入居を希望する企業に助言をするとしたら？

そんな話を聞くことはありました。南側の駐在員たちは北側の男性陣よりも柔らかいのでそうなるようです。私もやはり、はじめは北側の女性労働者たちから結婚しているかという質問をたくさん受けました。

北側の労働者たちは、開城工団に来ると内部教育を受けると南側の駐在員たちに聞きましたが、教育内容がちょっと面白いです。「南側の駐在員たちはエリートで、かなり裕福な人々で構成されている。駐在員たちの中にはスパイすらもいて、北側の労働者たちに柔らかく接するのは一種の戦術だから騙されてはいけない。乗用車や服装も北側の労働者たちに見せるためのものだ」こんな風に教育をするという話を聞きました。本当かどうかはわかりませんが。

そんな先入観が、ともに生活しながら一つひとつ壊れていきます。もちろんそのようになるまでには多くの時間と努力が必要です。普通満一年以上かかります。けれどもそのようなものが壊れた後でもある程度の線を守らなければなりません。親しいからといって緊張感を失ってしまえば、知らず知らずの間に感情を傷つけることが起きます。我々の基準の常識が北側では常識ではないこともありうるからです。北側の労働者たちの自尊心を傷つければいくら近い間柄でも豹変することになります。

「それは○○サン（南側）の考えにすぎない。そんなことを言ったらただではすまない」と言って顔色を変えた途端「しまった」と思っても手遅れなのです。

北側の労働者たちを同等なパートナーと見て接しなければなりません。特に憐れみや同情を感じているかのように見えてはいけないのです。私の見るところでは北側の労働者たちは（南側に）被害意識のようなものがあるのです。「私たちはそんな必要はありません」のように反応したらかすかな拒否の表現であり、「我々はこんなもの家にたくさんあります」のように反応したら大変強い拒否の表現です。

――文化的な違いの例を一つ挙げるとすれば？

二〇〇九年にある会社で起きた出来事です。法人代表が事務室にかかっている北側のカレンダーを一枚破いて屑入れに捨てました。ところがそのカレンダーには「偉大な領導者金正日《キムジョンイル》同志の健康を謹んでお祈りします」という文言が書かれていました。その光景を見た北側の労働者はすぐに職場長に知らせ、労働者全員が食堂に集まりました。中には泣く人もいて「こんな企業では仕事をすることができないし、仕事をする理由もない」と非難が飛び交いました。結局生産が中断されてしまいました。

管理委員会の仲裁によってうまく収拾できはしましたが、我々にとってはなんでもないことが、彼らにとってはありえないことだったのです。お互いをあまりにも知らないのです。お互いの間のそのような無知を理解するまでには時間がかかります。

にもかかわらず企業の利益のためにも開城工団のような南北経済協力事業は成功させなければなりません。彼らの技能は想像を超えます。集中力があると言いましょうか。六か月も経てば南側の熟練工以上の実力を見せてくれましたよ。彼らに倉庫の鍵を渡したらむしろ生産性がもっと高くなるのも見ました。ある会社では南側の法人代表が一か月に一度開城に来て重要な事案だけ決定して帰っていくこともあります。すべての生産を彼らが自主的に判断してやったらむしろもっとうまくいきます。

ある側面では韓国の企業経営者も方法を変えなければなりません。北側の労働者たちは我々を騙そうとすればいつでも騙すことができます。だからそんな問題で彼らと摩擦を起こすよりも、「守ることは守る一貫性のある原則論者」という印象を与える方がもっと良いと思います。

——北側の労働者たちを見たときの第一印象はどうでしたか。

開城工団にはじめて入るとき、政府の安保教育を受けました。はじめは驚きましたよ。正直言って、拒否反応も起きました。人は初対面のとき普通はまず外見を見るじゃないですか。労働者たちの姿は全くひどく見えました。栄養状態も悪いようでしたし。平等社会というけれど、あちらの人も裕福な人と貧乏な人がいるみたいでした。事務職は外見から違っていて裕福な感じでした。あちらの社会にも時折暴力性が見えました。生産性を上げるために暴力を使うのを見たこともあります。

その他にも我々から見ると、理由にならない理由で辞めた南側の駐在員もいます。他の会社で起きたことではありますが、南側の駐在員が北側の労働者に何気なく愛情を込めて「おい、子犬ちゃん！」と呼んだのがあちらでは酷い悪口と受け取られて追放されたのです。言葉の意味についての互いの誤解から生まれるトラブルが初期には少なくありませんでした。

業務用コンピューターの使用についても問題がたくさんありました。開城工団に搬入されるコンピューターはすべて政府に申告しなければなりません。特に北側では「ポルノ」のようなものがないか、厳格に検査するのです。完全に初期化しなければどこかに必ずポルノが隠れています（笑）。そうなればみんな罰金を払わされます。

工団の中にある平壌《ピョンヤン》食堂や鳳東館《ポンドングァン》のような食堂で働いている接客員たちの中には中国など海外で何年も働いた人もいて、大邱《テグ》ユニバーシアード大会のときに応援に来ていた人もいると聞きました。ある接客員の平壌の家の写真を見たことがあるのですが、「ナイキ」の帽子をかぶっていて横にウィンドウズ95というロゴが描かれたパソコンも見えました。あちらの職員たちはむしろ開かれているように思いました。企業の労働者たちとは違って我々からのプレゼントもためらわずに受け取りますし。

――管理者として最初は適応するのが難しかったでしょう。

しばらくの間は心の中でたくさんの葛藤がありました。私は管理者として彼らをどのように管理するかに没頭したし、彼らは自分たちが南側の企業を「助けに来た」人間であるという立場でした。同床異夢なわけです。企業は、はじめて北側の従業員の代表である職場長に会う席で、「我々従業員たちは将軍様の「六・一五共同宣言」と「一〇・四宣言」の偉大なご意思に従って困難に直面している南側の中小企業を助けに来たのであって、金を稼ぐためにここに来たのではありません」という言葉を聞くことになります。韓国の企業がそれを理解することができるでしょうか。ほとんど大部分がショーだと考えます。私もそうでしたから。実は根本的な認識の違いがそのときから生まれます。相互に理解しなければならない本当に大きな違いです。

――「助けに来た」のだという言葉は彼らの自尊心を表しているように思います。

自尊心というよりは、形式的にせよ彼らの職場配置と労働、経済論理と関係しています。理解しづらいと思います。私もなんとなくわかるにすぎません。職場と職業、労働の概念が我々とは違います。はっきりしていることは、彼らは国家的な措置によって職場に配置されたのだからです（笑）。これ以外にも会社は原則でもって労働者に接しようとしますが、北側を知らないためにたくさんの試行錯誤を経験しました。はじめは我々の基準で考えて腸《はらわた》が煮えくり返りました。誤解もたくさんしました。ところが物質的な問題で私が怒ると彼らはみみっちくてケチで偏屈だと考えるのです。甚だしくは「チョコパイを少ししかくれなかった」のような理由でケチだと言われたりもしました（笑）。

配給社会である北側では、どんなにたくさんの量を支給されたとしてもなかなか「ありがたい」とか「多い」と表現しないと言います。本人に割り当てられた取り分を当然受け取るものとして考えます。好意で一度支給した物品や協議された取り分については企業の経営状態が良くなくても必ず受け取ろうとします。約束だと考えるのです。

このようなお願いをするためにどれほどたくさん悩んだだろうか

――開城工団で病気になって苦労したのだが、そんなことを通して北側の労働者たちともっと近づいたと聞きました。

北側は医療環境が劣悪です。二〇〇九年新型インフルエンザにかかり開城工団で隔離され南側に出てきたのですが、しばらくして私が死んだという噂になったんです（笑）。女子職員たちの何人かがため息をついて泣いたと駐在員たちが教えてくれました。その後完治して工団に復帰すると北側の労働者たちがどんなに驚いて心から喜んで良くしてくれたか、プレゼントもくれて食べ物も持ってきてくれたんですよ。実はそんな姿からたくさんのことを学んだし、借りを作ったような気持ちにもなりました。本心から私の心配をしてくれたということがはっきりわかったからです。

ある日開城から出てくる出境待機線で待ちながら、本当に色々なことが思い浮かびました。管理者の立場で彼らを活用してこき使いながら、いい加減に扱う気持ちが自分の中にあったことに気づきました。そのような省察の時間があった後、私も随分変わりました。歩いていてすれ違えば先に黙礼もしました。そんな小さな実践が彼らとの関係をもっとよくしてくれました。

一種の善循環ですね。

彼らに誠実さを見せたら彼らも私に見せてくれました。朝私がお腹をすかしているように見えたらカップラーメンを作ってくれ、休みの日にはアイスクリームを買っていっしょに分けて食べたりもしました。いっしょに何かを食べることができる人を「食口〔家族のこと〕」と言うではないですか。そんなことが少しずつ積み重なって人間的な疎通が可能になりました。そのように少しずつ心を開いていき、彼らと親しくなりました。

お願いを一つするために数多く悩んだであろう彼ら

南側の物で特に彼らが好きなのが「医薬品」です。絆創膏や鎮痛剤、消化剤のようなものがよく知られています。のちに親しくなると育児中の労働者たちが医薬品を手に入れてくれと「フシディン〔抗生剤軟膏〕」「絆創膏」と書かれた紙切れを私の机の上に置くんです。このようなお願いをするためにどれほどたくさん悩んだだろうか、と思いました。他人が見ている前で医薬品をあげれば「こんなものは必要ありません」と拒否するけれど、机の上に置いておくとあとで持っていきます。不良品処理された会社の服もしばしばあげました。自尊心を傷つけないようにあげたら、私にもプレゼントをくれるんです。プレゼント自体よりも互いに与え合う気持ちに心が温まりました。

――チョコパイのせいで摩擦が起きたこと以外で面白い逸話があれば紹介してください。

あるとき一緒に働いていた女性の事務員の顔に青あざができていました。どうしたのかと聞いたらはじめは「なんでもありません」と否定していたのに、それでも何度も聞いたら夫（北側では「世帯主」と呼ぶ）に殴られたと言うんです。夫婦喧嘩ぐらいすることもあるだろうが妻に暴力を振るったと言うので怒りがこみ上げてきました。それで隣に座って「世帯主」の悪口を言い合ったりしました。ところがその事務員が最後に言った言葉が面白かったんです。「殴るなら殴られ、顔差し出せと言うなら出さなきゃ（？）しかたないでしょ。それでも世帯主が一番です」（笑）文化的な違いだと思いました。

北側の労働者たちと過ごしていて意外だったのは、性的な冗談（下ネタ）について開放的であり、表現のレベルが高いことでした。包装資材を運んでいるとき通路が狭くて女性の労働者と非常に近い距離にいたことがありました。体がほとんど触れるくらいでした。妙な状況になって私が「これじゃあ胸がくっついちゃうな」と口を滑らせたら横にいた年配の男の職員がその言葉を受けて「それでくっついたというんですか。くっつくにはこうしなきゃ」と言いながら実際にその女性労働者の胸をパッと触るんです。ところがその労働者も「何をするんですか」と逃げていくだけで、特に不快なようすを見せもせず抗議もしないんですよ。南側では想像できないことですが、あたかも意地悪なわんぱく坊主が女子学生たちのゴムひもを切って逃げていくような、悪意のない悪戯のように見えました。

また、北側の人々は親しくなると写真を見せてくれと言います。「ねえ、お子さんの写真をちょっと見せてくださいな」こう言って、互いに人生の話、子育ての話などを自然にするようになります。

余談ですが、人物写真ではない他の写真を見せてはいけません。ある会社の駐在員が、北側の労働者の写真を撮って、何も考えずにPhotoshop〔写真合成ソフト〕でソウルの夜景をバックに入れたのですが、そんなことが深刻な問題になるのです。我々は彼らの社会と文化を知らなすぎるのです。

――核やミサイル発射など南北関係が行き詰まったときの雰囲気はどうでしたか。

金正日《キムジョンイル》委員長が死亡したとき、もしかしたら別の事態に飛び火するのではないだろうか、もしかしたら生産に影響を与えるのではないだろうか、と内心心配しました。もちろん何事もありませんでしたよ。実際天安《チョナナム》艦沈没事件やミサイル発射などで騒ぎになったときも北側の人々はむしろ駐在員たちにより温かく接してくれました。「心配しないでください。大丈夫です」「さあ、こんなときほどご飯ももっと食べて家にももっと電話してください」とこんなふうに労ってくれましたよ。

そんなことで互いを傷つけたくない気持ちは南側、北側の労働者とも同じです。ある面では、彼らの幸福指数は我々が考えるよりも高く見えたりもしました。

南北が通じ合えばこれほどまでするようになるんだな

――余暇の時間はどのように過ごしましたか。

他の会社の駐在員たちとしばしば会って、会社の経営状況や工団の全体的な意見などを共有し飲み会をやったりもします。サークル活動をする方もいますし。

工団に平壌食堂や鳳東館、中華食堂、ビリヤード、カラオケなどいろいろな施設もあります。会社内にゴルフ施設があるところもあるし、運動することができる場所が比較的多いです。「開城ＦＣ」というサッカー同好会もあって、バドミントン、テニス、囲碁、卓球、その他演奏など多様なサークルが活動しています。

駐在員たちの中のある人は、工団にいる食堂の北側の接客員たちと親しくなって、彼の誕生日に接客員たちがケーキを持ってきて歌も歌ってくれ、誕生日パーティをしてくれたそうです。何せ人気のある人でしたが、南北が通じ合えばこれほどまでに互いに配慮するようになるんだなぁと思いましたよ。食堂では興に乗れば接客員たちの歌に合わせて南側の駐在員たちが一緒に歌を歌うこともあります。興に乗ったら体を揺すって肩で踊ったりするじゃないですか。一緒にそうやって歌っていると、ここが統一の地なんだな……という感激的な思いをすることが多いです。北側にも叙情性のある結構いい歌があります。

南側と北側が一緒に歌うことのできる歌としては、「朝露」「ノイバラの花」「アリラン」「懐かしい金剛山」「旅人の悲しみ」「七甲山」「感激時代」「ホウセンカ」などがあり、北側の歌には「口笛」「嬉しいです」「ハートに残る人」などがある。

――開城工団で信仰活動をするにあたって不便な点はありませんでしたか。

開城工団にも草創期から教会がありました。外観上は教会とわからないだけです。信仰活動は南側の駐在員たちだけでするなら構いません。一人で聖書を読むのは問題になりません。ただ、北朝鮮の住民たちに見える場所ではするなと言われます。聖書は体制に危害を加えると考えるからなのか、開城工団に入るときの所持品に記載させます。そして出てくるときに必ず持って出なければなりません。

――南北の労働者たちの間でひょっとして恋をすることもありますか。

好意を持つことはありえます。恋愛の話は、噂はたくさんありますが、実際に確認したことはありません。体制と制度が厳格に違うので、そして、何しろ南北関係が厳しいので、恋愛は常識的にほとんどありえないことですよ。

北朝鮮と開城工団についてよく知りもせず、知ろうともしない「北盲」たち

——工団が暫定的に閉鎖され、再開される過程もご覧になったのですが、そのときの話を少しお願いします。

当時の入居企業の社長さんたちの認識や対応はもどかしく見えました。開城工団の価値をよく説明して、国民の間で開城工団の維持に共感を持ってもらうようにしなければならないのに、そうできなかったんです。一言で言えば、泣き言を言っているように映った面があります。国民は「企業が自分たちの食いぶちを守ろうとしている」くらいの認識だったと思います。

私は開城工団が韓国社会に絶対に必要だということを、実証的な経済的統計数値で示さなければならなかったと考えます。開城工団には、ない業種がありません。韓国の下着の七十パーセントが開城工団で生産されます。我々が着ている衣服の三十パーセントは開城工団で作られます。そして携帯の部品も相当数が開城工団で組み立てられています。いわゆる「開城単価」というものがあります。開城工団で生産される製品のおかげで価格がとても安く形成されるのです。それだけ開城工団の経済的な価値は本当に莫大です。

なのに「我々の会社がつらいから経済協力資金でも支援してください」と言ったから、大き

な誤解を生んだのです。実は政府が経済協力資金を支援してくれたことはありません。せいぜい二～三パーセントの低利融資で運営資金を受け取ったにすぎないのに、国民は入居企業が無償で支援されたと思っています。

考えてもみてください。百二十四個の会社の労働者とその家族まで入れれば数万人です。それだけではありません。協力業者まで入れれば二十万人以上が開城工団のおかげで暮らしているのです。そんな内容についての説明もなく、個別企業の状況にばかり焦点を当てているから「そんなリスクもなく開城に入ったのか」「開城工団の業者を救わなければならないという論理なら国内の苦しい中小企業もみんな助けなければならないのか」などという言葉が出てくるのです。

――開城工団は南北経済協力の一つの過程であり、統一のきっかけになりつつあります。開城工団の立ち位置や今後の発展可能性、または役割のようなものについてのお考えを聞かせてください。

我々韓国民が開城工団について普通に知っていることと実際の姿はずいぶん違うということを、周りの人々にたくさん知らせたいです。しかしあまりにも多く歪曲されていて、特別に親しい関係でなければ話を始めることすら負担に感じます。北側も人間が住む社会であり、そういう面でみんな同じだと考えます。開城工団に対する支援を「貢ぎ」の典型として見る人々もいますが、無知の致すところです。甚だしくは、私に「なぜあそこに行っているのか」と帰って来いと言う人もいます。

出会ってみれば、北側の人々も我々と全く同じ人間でした。人々が互いに親しくなる過程があるじゃないですか。男女が恋愛をするとき少しずつ自分を見せていって、夫婦になれば互いにすべてを見せ合うようにです。もちろん夫婦の間でも守らなければならない礼儀と一線があるように、南北関係においても互いのアキレス腱を刺激するのは賢明ではないと考えます。いくら夫婦と言っても互いの実家の悪口は言わないように、南北も互いに触れてはならない部分があると思います。

南北関係や統一問題も、開城工団の経験を土台にして接近すれば簡単なのではないかと思います。どうか経済だけは政治と結び付けないでほしいと思います。普通の人々に北朝鮮について聞くと、たいがいキーワードは核、ミサイル、脱北、個人崇拝などに限られています。コンピューター音痴や文盲のように、韓国人の九九・九パーセントが北朝鮮についてほとんど知らない「北盲」だと思います。実際北朝鮮の人々については何も知らないでいるのです。

私は会社勤めの最後の時期を開城工団や北朝鮮で過ごし、そこで引退したいです。開城工団を広く知らしめ、統一の過程において少しでも力になりたいです。我が家から開城工団に入る出入国事務所まで信号一つありません。南北関係もそのようによどみなく進行したらいいのにと思います。

●取材後――

社会学者オムギホは著書「断続社会」で「自分は他者を通してのみ自らを見ることができ、他者という器に入っているときにだけ自分になることができる。……他者を見て感じて他者を通して自分自身を作っていくすべての過程を我々は疎通と呼ぶことができる」と疎通を定義した。

語り手は初期の管理者として入り、北側の労働者たちをどのように「利用」するか悩んだ末、北側の労働者たちと疎通し、交わり、ぶつかりながら自分自身が今後どのように生きていくのか決定した。その過程はあたかも「他者を通して自分自身を作っていく」のとも似ている。

インタビューをしながら感じたことは、開城工団に対する話は開城工団についての経験がない人々とはなかなか共有できないという認識であった。語り手は彼らを「北盲」という言葉で表現した。実際北朝鮮や開城工団については何も知らず、知ろうともしないのに、敵対的な観点で断ずる人々があまりにも多いということだった。我々は開城工団を、いや、北朝鮮を本当にどれだけ知っているのだろうか。

3

開城工団に行く道は生きる道である

――キムヨンシク代表

（取材　カンスンファン）

二〇一三年の開城《ケソン》工団の稼働中断は入居企業の大部分にとって最大の危機だった。S企業のキムヨンシク代表は当時の企業の代表たちが経営を諦めることすら考えたと教えてくれた。

S企業は同じ業種の国内企業が中国や東南アジアに工場を移転するとき開城工団を選択した企業だ。中国の製品がなだれ込んでくるのを見て最後の手段として選んだのがまさに開城工団だったという。キム代表にとって開城工団は人生のすべてであることが、インタビューを通して感じられた。

――S企業について説明してください。

家庭用の生活用品を製造する会社です。一般家庭で使う生活用品を作っていると思えばいいです。一九八三年に設立したので今年で三十二年目です。販売業から始め、卸売もし、今は製造までしています。我々の仕事は労働集約産業であるとともに技術産業であり、また、投資をたくさんしなければならないので資本が必要な事業です。

――開城工団に投資することは簡単ではなかったと思うのですがどんな動機があったのでしょうか。

中国の製品がなだれ込んでくる状況だったので、韓国で製造していては中国製品に対する競争力を持つことができませんでした。当時同じ業種の国内の会社は大部分工場を中国に移しました。でも私は中国に行く気がしませんでした。それでも我々の土地に工場を置かなければならないという思いがして開城を選択したのです。文化も同じだし、言葉も通じるし、それに同じ民族じゃないですか。

――南側の工場を閉鎖してすぐに開城に行かれたのですか。

二〇〇九年に開城に入居して南側の工場は二〇一一年末に閉鎖しました。北側の労働者たちに十分に技術を習得させ、開城の工場が安定し始めたと思ったときに南側の工場の残りの設備を開城に移したのです。開城が安定するにしたがって人員も十分に補強され技術力も向上しました。

――工場を開城に移すと言ったとき、家族はすぐに同意しましたか。

はじめはずいぶん反対されました。労働集約産業は工場を外国に移すのが基本だと、人件費のためにもなおさら行かなければならないと説得されました。紆余曲折がありましたが、うまく解決しました。どうせなら朝鮮半島に工場を置いて同じ民族同士でやるのが正しいという私の考えに家族が同意してくれたわけです。

――家族は難しい決定をなさったのですね。取引先や友だち、親戚の反応はどうでしたか。

冷たかったです。私の歳くらいになると、会社の経営に欲は出さないんですが、新規の投資をするとずいぶん心配するんですよ。けれども私は開城工団に行かなければ企業を運営することができない状況でした。中国から輸入する物の十パーセントだけでも私が防げれば十分に会社を運営することができるだろうという確信を持って行きました。その点では自信がありました。

北側の労働者たちと個人的に意思の疎通をすることができないというもどかしさ

――自信があったとおっしゃいましたが、最初に入居したときの感想を話してください。

まず文化の違いが最も大きかったです。考え方や価値観に対する違いもありました。開城に行く前に北朝鮮学科に六か月程度通ったのですが、そのとき勉強したことがずいぶん助けになりました。例えば、共産主義社会では、誰かが窓を閉めろと言えば、自分のそばにある窓だけ閉めて、他の窓までは閉めないというのです。雨が降ればすべての窓を閉めなければならないのに。

こんな風に学校で体系的に教育を受けて行ったので、適応するのが少し楽でした。

――開城工団にはどのくらいの頻度でいらっしゃいますか。

初期にはほとんど毎日常駐しながら設備から工場建設まですべて指揮しました。今は法人代表がすべてやります。工場が完成して五月から製品が生産され始めるにしたがって少しずつ手を引いたんです。最近は一週間に一、二回程度行きます。会社の代表としてはたくさん行く方なのですが、行って実務もするし生産ラインもチェックします。駐在員たちは普通一、二週間に一度出てくるのですが、私は日帰りで行ってきます。

――開城工団にある工場の規模はどの程度ですか。

入居企業の中で中くらいです。労働者は三〇〇人ですが、設備業者なので単一工場としては施設が非常に大きい方です。

――設備業者であり、技術業種なので初期には不良品が多かったのではないですか。

最初は不良品が大体六十パーセントくらいになりました。技術力は一朝一夕に生まれるものではありません。今は不良品二十二パーセント程度です。ずいぶん良くなりました。もちろんもっと減らさなければなりません。国内では九パーセントですから、そのくらいはいかなければなりません。

――不良品率九パーセント達成は可能でしょうか。

ずいぶん良くなったのですが、若干足踏みしています。時間が経てば解決される問題です。マニュアルにしたがって動くので可能だと思います。

――労働者たちとの接し方が南側とはずいぶん違うと思います。

そうです。まず個人的な接近ができません。心は個人的に通じることもできますが、業務は集団生活のようになされるので、個人と意思の疎通ができません。それが最も大きな障害です。我々は個人が持っている能力を見つければ育て、向上するように仕向けるじゃないですか。ところが北側ではそれがうまくいきません。南北経済協力なので相互に制度や運営の違いがあります。

――工場を開城に移した後の受注量はどうですか。

注文は増えました。売り上げも上がっていますし。北側には長期的に我々の業種の資源が多いのです。南北関係が良くなれば北側から原料を持って来ることができるという相当な利点があります。大いに期待しています。

――文化と言語が同じで、物流において有利で、人件費が節約できるということが肌で感じられましたか。

そうです。しかし、それ以外のことは不利です。けれども人件費が十分に節約できるために利益になるのです。また、北側にはたくさんの鉱物資源があるので、未来を見越して入ったのです。

最初は社長が来ても見向きもしなかった人々

――二〇一三年に六か月程度稼働を中断したとき、どのような心境だったでしょうか。

あのときの心境は言葉で表現できません。天が崩れ落ちる感じというのがどのようなものか、あのときはじめて知りました。政治的な対立と理念の違いが怖いということもはじめて感じましたし。私たちは開城以外には生産基地がありません。だから他の業者に外注してやっと製品を供給しました。

——六か月間ずいぶん損害を被ったでしょうね。

とてつもない損害を被りました。損害もそうですが、全く眠れませんでした。眠ろうとして横になっていると、胸の動悸がおさまりません。本当に苦痛でした。

——駐在員たちを撤収させた後、どんな措置を講じましたか。

駐在員たちには三か月間は正規の給与を支給しました。そんなに長くかからないだろうと思ったのです。ところが三か月経っても正常化しなかったので三か月以降は失業手当で処理し、最後の月にはどうしようもなくなって退職処理をしました。皆入社してから長かった社員たちなので、あの時一番心を痛めました。開城工団が再稼動してから七十パーセントは復帰しました。

——開城工団が再稼動してからはどうでしたか。

新鮮な感じがしました。開城にまた入っていくと、北側の労働者たちも我々を喜んで迎えてくれました。工場の稼動のために互いに最善を尽くしましたし、おかげで予想よりも早く工場の稼働が正常化しました。今も北側の労働者たちが「損害を被った分を早く取り戻そう」と言います。前よりもずっと融和的で協調的な関係になりました。

――政治的な面や理念的な面で心配な部分はありますが、開城工団は互いが努力をしているじゃないですか。南側の駐在員たちと北側の労働者たちにもたくさんの変化があったと思いますし。

本当にたくさんの変化がありました。特に南側の文化が彼らにいろいろな影響を与えました。一生懸命やって目標を達成すればインセンティブをくれると言います。それくらい南側の資本主義の枠組みがどうなのかを知っているんだと思います。はじめは社長が来ても見向きもしませんでした。今は南側の職員たちがそうするように、座っていても立ち上がって挨拶をします。我々の文化が自然に伝わる過程にあると思います。

――南側の駐在員の勤務時間は北側の労働者たちよりも長いのでは？

我が社の駐在員は七名ですが、北側の労働者たちよりも仕事は多いです。二十四時間工場が稼働しているので勤務時間も長いし、北側の労働者たちは昼休みや休み時間にバレーボール、卓球のようなスポーツもして、時には各種行事の練習もするのですが、駐在員たちはそんな時間にも業務に関する会議などで大変忙しいです。

——そんな環境ではストレスがたまらずにはいられないと思いますが、家族から離れて生活をしているのでさらに大変でしょう。

駐在員たちは普通土曜日に開城工団から出てきますが、週末に当直があれば二週間に一回出てくることになります。だから制度を改善して今は週末に当直をしたら月曜日に休み、火曜日に入ってくるようにしています。家族と離れて生活した経験があればそれでもましなのですが、そうでない職員たちはかなり大変だと思います。そのせいで退職した駐在員たちもいます。

開城に行く道は生きる道

——入居してから五年経ちましたが、北側の労働者たちに変化を感じますか。

かなり変化しつつあると思います。最初と比較すれば、相当積極的・肯定的に変わりました。我々と接する態度も随分変わりましたし、外見についても服装は前より派手になりましたし。靴もヒールの高いものを履いて歩いています。長く働いている人ほど大きく変わりますよ。だいたい二年くらい経てば外見だけでは南側の人なのか北側の人なのか区別するのが難しいです。

話し方の訛りで区別できる程度です。

——南北関係が正常化して開城工団がもっと正常化すれば互いにとって随分助けになるでしょう？

我々が持っている資本とインフラを活用して北側と力を合わせれば韓国が世界的にもっと大きく発展できる機会が間違いなく来ると思います。理念的に統一を成し遂げることは難しいでしょうが、開城工団のような方法を使えば、統一費用も減らし、北側の人々の自尊心も保つことができると思います。世界的に国家のイメージアップもできる良い機会だと考えます。

——開城工団の企業の立場で韓国の企業に言いたいことがあるとすれば……

南側の労働者が百五十名を超えて人件費のために事業が苦しいという方に積極的にお勧めしたいです。一九七〇年代の後半にどんな事業が活性化されたかを調べてみて開城に入居するならば成功することができます。開城ではできない事業がありません。しかし、まずは「安全」が保障されなければなりません。南側が五・二四措置、北側が四・三措置を行ったのですが、得になることは何もないじゃないですか。両方とも損害を被って、イメージが悪くなっただけです。こんなことは二度とないだろうと思います。私は友だちや起業する方に本当に強調したいです。「開城工団に行く道が生きる道だ」と。

――五・二四措置はまだ解除されておらず、開城工団が制限はあるものの唯一開かれているのですが、今後も持続すると思いますか。

開城工団が持続するかどうかについては政治的な問題なのでよくわかりませんが、一つだけはっきりしていることは、低成長構造に陥った韓国経済の物理的、構造的な突破口はまさに南北経済協力だという確信です。すなわち、開城工団のような南北経済協力事業こそが確実な経済的突破口になると思います。ならば当然拡張すべきなのではないでしょうか。

――北側の労働者たちが変化しつつあり、韓国企業にとっても開城工団が希望ならば、明るい未来が見えるような気がします。

我々にオリジナルな技術が多いわけでもないし地下資源が豊富なわけでもないでしょう?北側の労働力と我々の技術をうまく活用すれば一九七〇~八〇年代のようにもう一度跳躍することができる機会が来ることでしょう。今は南北が対峙している状況なので難しいですが、南北の当局の関係が正常化されれば南北経済協力は我々の経済にとてつもない効果をもたらすと思います。南北が互いに銃を突きつけていたのに、どうやって開城工団を造ることを思いついたのか、本当にたいした発想だと思います。開城工団自体がとてつもない場所です。韓国の経済の現実において希望は開城工団しかありません。南北対立がこれほど深刻な状況おいても開城工団が維持されていること自体が見方によっては奇跡だと思います。

――韓国政府に望みたいことがあったらお話しください。

電子とＩＴのような先端産業の発展も重要ですが、基礎産業も大変重要だと考えます。基礎産業を発展させようとするなら北側の繊細な手先の器用さと我々の技術が合体しなければなりません。政府が積極的に率先して良い南北関係を作ってくれればと思います。このような気持ちは私だけでなく、開城工団に進出した企業のすべてが同じ気持ちだと思います。

●取材後――――

キム代表は最先端産業も重要だが、基礎産業も大変重要だと強調した。韓国の基礎産業は今や東南アジアの企業にまで押されている。

三十年余り一つの業種でノウハウを蓄積したキム代表は開城工団だけが希望だと言う。しかしまだ解決しなければならない宿題がたくさんある。何よりもまず南北当局の関係正常化こそが、現在の異常な工団の状況を正常化させることができる根本の課題だ。開城工団の企業経営者たちは異口同音にこう言う。「南北間の経済協力こそが低成長にあえぐ韓国経済を復活させることができる、最も確実な方法だ」と。「開城工団の実質的な経験がそれを保証する確実な象徴だ」と。

4

信頼を構築して労働環境さえ整えてやれば彼らは何としてでもやり遂げます

――チェソクチン法人代表

（取材　カンスンファン）

南側は開城《ケソン》工団を戦争の発火点に追い込んでいると、北側が開城工団の暫定的な稼働中断を宣言した二〇一三年四月三日以降、K企業のチェソクチン法人代表は毎日涙に暮れていた。最初は「一日二日で終わるだろう」と思ったが、一週間が過ぎ、半月が過ぎ、韓国の当局が南側の駐在員の工団全員撤収の措置を下したときはすべてが終わってしまったと考えた。数年間にわたって死ぬほど苦労をして築き上げてきたことがいっぺんに水の泡になってしまうようで、撤収をした後も眠ることができなかった。本社に帰ってからも仕事が手につかず、頭の中はすべて開城工団のことで埋め尽くされていた。

あるときは全羅北道《チョルラプクト》の彩石江《チェソッカン》に行って、砂の上に「開城工団正常化」という文字を書いて「果たして可能だろうか」と考えたりもした。マスコミもあまりにも無知なように思われ、「どうしたら開城工団について知らせることができるだろうか」とずいぶん考えをめぐらせたりもした。力を貸すために開城工団の正常化を祈る国土大行進に参加したりもした。毎日涙で開城工団を見つめるしかなかったチェソクチン法人代表のインタビューは彼の無念さがそのまま感じられた。

――お会いできて嬉しいです。簡単な会社紹介をお願いします。

ズボンを専門にする会社で、本社はソウルにあり、工場は開城工団にあります。今はズボンの他にTシャツなども合わせて生産しています。私は法人代表として開城に常駐しています。

――法人代表は主にどんな仕事をするのですか。

会社で起こるすべてのことを指揮します。主に生産と品質を指導して管理します。南側から持ってきた資材で生産するすべての過程を総括すると思えばいいです。

――北側の労働者はどれくらいになりますか。

多いときは六百七十人だったのですが、現在は六百人あまりいます。南側の駐在員は最初は十四名で現在は安定して七名が勤務しています。

――駐在員を半分に減らしてもいいほど運営が安定したのですね。開城工団にはいつ入られましたか。

二〇〇七年に工場を建て始め、二〇〇九年に北側の労働者三十人を引き受けて仕事を始めました。満六年が過ぎましたね。

裂けたジーンズは乞食の服装

――はじめて北側の労働者三十名を受け入れたときはどんな感じでしたか。

あのときの気分はなんと表現していいかわかりません。私の家族が来ることに対する期待もありましたが、田舎から上京してきたばかりの人々のように感じられてちょっと失望したりもしました。一か月後に百五十名を新しく受け入れました。最初の三十人は今でも変わらず一緒に働いています。

――初期の三十人と一か月間生活しながら、それまでの考えとは違うと思ったことがありましたか。

大きく違うことはありませんでした。北側の労働者たちは距離を置いて話す感じでした。指示をするのではなく、一緒に働きながら「これはこうして、あれはああするのです」と言って意思の疎通を図ろうと努力したらうまく融和できました。

――開城工団で仕事をすることになったと言ったとき、周りの反応はどうだったか気になります。

私の立場について家族には十分説明しました。同じ民族なのに何を怖がることがあるかと、国の政策上すべてのことは保護されると説得して行きました。

――南と北の労働者たちの間にはどのような違いがありましたか。

北側の労働者たちと一緒に仕事をしてみると、体力も劣るし生産性も低かったです。体力がないから生産性が落ちるようでもあり、社会主義自体の仕事効率が低かったようでもあります。平均主義の弊害もありました。一生懸命働く人がいる反面、適当に仕事をする人もいましたし。今は良くなりつつあります。

――北側の労働者たちと仕事をしていて、面白いこともあったでしょうね？

ジーンズを生産したことがあるのですが、そのときは北側にジーンズをアピールしようと頑張りました。ジーンズをはいて勤務し、裂けたジーンズをはいて労働者を迎えたりもしました。

少し時間が経つと、北側の労働者が「法人代表さん、はじめてお会いするのに乞食のように破れたジーンズをはいてらしたらいけませんよ」と言いました。それで今は我が社の駐在員たちにもジーンズをはくなと言います。あちらはまだ我々の基準では多少前近代的な文化なので、正装で勤務することを好みます。「ジーンズをはいたら遊び人のようだから履かないでほしい」と言ってました。(笑)

——南側の労働者と仕事をするときと、北側の労働者と仕事をするときでは何が違いますか。

南側では私が何か言えばすぐに進行するのですが、北側ではすぐには反映されません。私には北側の労働者を統制して指揮する権限がないのです。少しなら可能ですが、大きな枠では北側の従業員代表(職場長)によって仕事が処理されるので、我々の立場ではすぐに業務処理するのが難しい面があります。適応するのが一番難しい部分でもあります。人事の自律性、労務管理の自律性の問題と言えます。

——開城工団で過ごしていて一番困ったことは何ですか。

はじめは私たちが北側をよく知らなかったり、理解できなくて摩擦が多かったです。指示をすれば、仕事をするのではなく、「組長サンに話をしろ」「従業員代表サンに話をしろ」と言うんです。北側の労働者の立場では全体の業務指示体系がもともとそうなっていたんですが、我々が知らなかったんですよ。だから「俺が給料をやるんだから俺の言うことを聞かずに誰の言うことを聞くというのか」などと怒鳴ったりもしました。

――本社と連絡をとるときはどうしますか。

電話とファクスを利用します。電話代はかなりかかって、使用料は一分あたり四百ウォンです。バカにならない金額が電話代として消えます。工団の出入りは本人が申請した日程に合わせて決められているので、急な出来事があってもすぐに出入りすることができないのが難点です。企業がそれに合わせて人と車両の出入り計画を立てるなど、ずいぶん適応できるようにはなりました。

――携帯を持ち込めなくて不便なことはありませんか。自由時間はどのように過ごすのですか。

携帯は習慣になるので大丈夫です。テレビが映るので、ニュースが知りたくて困ることもほとんどありません。自由時間には主にサークル活動をします。バドミントン、テニス、サッカーのサークルがあります。ゴルフをする人もいます。スクリーンゴルフ場があって、企業が独自のゴルフ練習場を持っていたりもします。また、フィットネスセンターで運動もたくさんします。工団を歩いたり走ったりもしますよ。また管理委員会が運営する技術教育センターで語学とコンピューターを教えてくれます。時間があるときには同僚たちと一緒に酒を飲むし、ビリヤードもして互いに情報を共有します。

――お酒はどこで召し上がるのでしょうか。

平壌食堂など北側の食べ物と酒を飲むところもあり、南側が運営する食堂もあります。中華食堂や日本式食堂、ビヤホールもあります。一般食堂も幾つかありますし。鳳東館《ポンドングァン》という北側が直接運営する食堂が工団の北側の境界地域にあって、以前は自由に利用できましたが、五・二四措置以降、韓国当局が南側の駐在員たちの利用を禁じているので、今は行けません。

どうか開城工団の状況をまともに理解してから記事を書いてくれ

――天安艦《チョナナム》沈没事件と延坪島《ヨンピョンド》砲撃事件が起きたとき、工団の雰囲気はどうでしたか。

あのような事件があっても北側の労働者たちは動揺せずに作業していました。駐在員たちも、我々が解決することができる事案ではないからと、大きな動揺はありませんでした。「開城《ケソン》工団は不安だ、危険だ、誰かが人質に取られている」などのマスコミの記事を見て、どうか開城工団に来て直接現実を見て、まともに記事を書いてくれと言ってやりたかったです。開城工団の現実をあまりにも知らずにいい加減に書いていると思います。だから韓国民も大部分そのように思っているんです。むしろ開城工団の外にいる人々の方が中にいる我々のことを心配します。いくら違うと言っても信じません。もう説明すらする気がなくなりました。どうせ私がバカ者になるだけだからです。

――開城工団が稼働中断に陥ったときはどうでしたか。

まず、物流が遮断されるので納期の近づいた製品を一つでも多く運び出そうと夜は一人でヒーヒー言いながら荷造りして、車に乗せて運びました。今は笑いながら話しますが、開城工団の人々は、あのときの経験によって、引越し業を任されたらうまくやることでしょう。車一台にあんなにたくさんの荷物を積んで行けたのですから。

――撤収するときまで残ってどのように生活したのですか。食事もままならなかったと思うのですが。

食材がほとんど底をつくところも、余裕のあるところもあって、他の会社の駐在員たちと互いに分け合って食べました。主に駐在員たちと会って心配を共有しながら過ごしました。

――ついに工団から撤収することになったとき、いろいろな思いがあったことでしょう。

あのときは「おしまいだ」と思いました。すでに生産契約を締結した分があったので、どうやって作って供給するか暗澹たる思いでした。費用がかかっても中国で生産して納品しました。取引は成立させなければなりませんから。ベトナムのような第三国に行くことも考えましたが、資金を開城工団にすべて投資したために他に方法がありませんでした。

――六か月のあいだ停止していたので損害が大きかったでしょう。

損害は到底言い尽くせません。我が社の製品はほとんどＯＥＭ方式なので、シーズンが過ぎた物は受注会社が受け取ってくれません。六万枚のうち三万枚、五十パーセントを受け取ってもらえなかったので、侵害は大きかったですよ。

――ＯＥＭ方式で注文した企業は開城工団が再開した後も注文してきたでしょうか。

最初は仕事をくれなかったけれど、開城が再び正常に再稼動したら少しずつ仕事が入ってきています。今はずいぶんよくなりました。

――工団再稼動後、北側の労働者たちに再会したときはどんな気持ちでしたか。

再会したらしっかり抱きしめようと心に決めて行きました。北側の労働者たちもためらわずに近寄ってきましたね。再会して互いに苦労したねと抱き合ったのですが、不覚にも涙が……。あのときのことを思うと、今でも胸がジーンとします。入居企業も北側の労働者たちもみんな開城工団が切実に必要なんだと改めて感じました。

女性は働き、男性は遊ぶ文化

――開城工団で作る製品は南側で作られる製品と比べて品質はどうですか。

生産性はやや低いですが、品質はなかなか良いです。北側の労働者たちはジーンズをアメリカの残滓だと感じるということで初期にはちょっと心配しましたが、杞憂でした。ジーンズに関するエピソードはたくさんありますが、ジーンズの色を抜いたり破いたりしていると、なぜ真新しい服を破くのかと、なぜ新品を古着にするのかとずいぶん言っていました。そういうときは、南側でも年配の方々には理解できないと答えてあげました。孫が裂けた服を着ていて、タンスにしまっておいたのだが、おばあさんがその服を見て、「私の可愛い孫が裂けた服を着て歩いている」と、夜なべして補修したというじゃないですか。そんな話を聞かせながら彼らとの距離を狭めようと頑張りました。

――北側の労働者たちはジーンズを全然はかないのですか。

一度あげてみたんですが、ほとんどはきませんでした。それでも濃いジーンズは、はく方です。男性は釣りをするときにはくと聞きました。けれども、裂けたジーンズは絶対にはきません。文化の違いですよ。彼らの立場からすれば全く理解不能な文化です。この人たちはまだ髪の毛を染めることもほとんど受け入れられない文化なのです。周りに髪を染めた南側の駐在員がいたら、ほとんど「ノータリン」レベルに「狂っている」と言います。（笑）

――北側の労働者たちは今までそんな文化に接することがなかったからでしょうか。

そうです。はじめは理解できませんでした。服の色を抜くことも、我々がやれと言うからやったのです。それでも今はどうやって色を抜くか議論をするくらいに上手に仕事をします。「この色はあまり抜けてないな」「これは良く抜けているな」と学んでいます。我々が時々フィッティング（マネキンの代わりに人を使って服の外観と着心地を点検すること）をちょっとやってみようと、服を着てみてと言うと、綿のズボンははいても、ジーンズはやはりはこうとしません。

――北側の人々と生活していると、距離感や異質に感じることはありませんか。

それほど多くは感じませんでした。しかし彼らが「仕事」よりももっと重要だと思っていることがあります。毎朝ある「読報会」の時間です。読報会とは新聞をはじめとする教養資料を皆で一緒に読みながら、国家の政策と時事問題などを理解しやすいように解説してくれる集まりです。いつだったか、急いで作業をしなければならないのにその日も朝の読報会をしていたので「今はこれが重要なのではなく、仕事が重要じゃないのか」と大声で怒鳴ったら、むしろ私を面と向かって非難するんです。「今党の指令を受けているのに、非常識だ。何を言っているんだ」と。それで「ああ、そうなのか。知らなかった。仕事が切羽詰まっているのでもどかしくてそう言ったのだ。今度から注意する」と言ってしまいました。日常的に回っている集団主義の一面を見たわけです。

――読報会以外に何かありませんか。

仕事よりも全体の集団行事を優先視するようです。集団主義が強固だという話は聞いたことがあると思います。我々と本質的にずいぶん違うものですが、集団行事があれば仕事をしている最中でも手を休めて行ってしまいます。仕事の途中でそうされると本当に困惑してしまいます。もちろん今では事前に協議して了解を求めます。

――摩擦もあったでしょうね。

摩擦はありますが、それを認めなければなりません。認めなければ自分だけ傷ついて心を痛めます。全体的に降りてくる指示なのでいくら防ごうとしても防ぐことができません。我々は生産が大事ですが、北側は集団が大事なのです。それを知らなければ怒りが爆発します。

――納期が目前に迫っているのに、行事のために帰ってしまったらどうするのですか。

会社が急いで納期に合わせなければならないなら、彼らも努力はします。何が何でも約束を破棄するということはありません。抜けただけ埋め合わせはします。

――北側の労働者たちが南側の駐在員を見て誤解しそうな点があるとしたらどんな事でしょうか。

南側の若者たちは流行にも乗るし表現方法も溌剌としていますが、北側の人たちはまだ我々の基準では前近代的です。我々が夏に半ズボンをはいている姿を見て、「その服装は何ですか。はしたない」と叱られたこともあります。また、南側の女性たちがタバコを吸うのが、非常に衝撃的なようです。取引先から来た南側の女性がタバコを吸うのを見た北側の労働者が、精神的なショックを受けて私のところに走ってきたこともあります。（笑）また、男性よりは女性の方がたくさん仕事をするようです。六十キログラムくらいの反物を車から降ろすのに、男性たちは仕事をしないで女性たちばかりするのです。どうしてそんなことができるのかと叱ったら、仕方なくやっていました。今は少し良くなりました。

――そんな風に文化が違ったら、彼らが南側の駐在員たちに最初に感じた感情も今とは違ったでしょう？

最初、彼らの話がどこまで真実でどこまでが嘘なのかわかりませんでした。彼らも同じだったでしょうよ。南と北が互いに知らないのはほとんど同じだと思います。我々も彼らについて知りませんが、彼らも我々について知らないことが多いのです。それでも今は少し自然になったような気がします。彼らも今はもう我々を認め、多少信頼しているという感じがあります。

――仕事を一緒にしながら、北側の労働者たちも我々の同胞だと感じますか。

彼らの目つきを見れば、そう感じます。我々のように一生懸命仕事をする人が本当にたくさんいます。一生懸命仕事をする人を見れば、本当にありがたいです。ところが感謝の気持ちで背中を叩くと、隣の人の目を気にして体を引きます。同じ民族同士自然に感情表現をしなければならないのに、政府の当局間の対立の余波のせいでしょうか、なかなか自然になりません。

――五年間で仲良くなった人も多かったでしょう。

そうです。草創期に会った人たち同士はとても深い友情で結ばれています。南側の駐在員たちもはじめは何人もいなかったので、一緒に裁縫もして現場で仕事をたくさんしましたからね。一緒に苦労しながら仕事をすれば、仲間意識が生まれるじゃないですか。草創期に一緒に苦労した人々は今でも覚えていて感謝しています。

――心を開いて話しができるほど親しい労働者はいますか。

親しいといっても特に会って話をするのではなく、オープンな空間で仕事をしながら基本的な挨拶を交わすくらいです。今自分はこういう事があるのだがその事をどうやって片付ければいいだろうかと聞いてみると、その人なりにこんなふうにしたらと言うこともあるし……。彼らの簡単な暮らしのようすみたいなことも軽く聞いてみれば話してくれます。

会社に仕事がないときはのど自慢と語り童話を

――北側の労働者たちの技術力はどの程度ですか。

技術力はずいぶん良くなりました。南側であれ、北側であれ、朝鮮の人間は手先が器用だと思います。

――それでも南と北を比較することはできるのではないでしょうか。南側で五年仕事をした人と、北側で五年仕事をした人の違いはあると思いますが。

技術の向上はその人の性格によると思います。南側でも性格によって違うじゃないですか。長く続けてもなかなか進歩しない人がいるかと思えば、一、二か月ですぐについてくる人もいます。北側の人の中にも南側の人よりももっとうまくできる人がいるのですが、その分だけ（賃金を）もっとあげたくてもあげられないのが残念です。もちろん受け取る賃金の分もできない人もいます。

――北側の労働者たちの平均年齢はどのくらいですか。

我が社は平均年齢が高く、四十一歳くらいです。男女比は三対七程度です。開城にいる人々はほとんどみんな工団に来ていると思えばいいです。

――北側の労働者が離職する場合はありますか。

まだほとんどありません。離職率が低いことも開城工団の大きな利点です。

――子供がいる女性労働者もいると思うのですが、託児所はあるのでしょうか?

はい、工団の中に一か所、すぐそばの外郭に一か所あります。普通は出勤するときに子供を預け、午前中に一度、午後に一度授乳します。

――北側の労働者たちは退社したあと、家に帰ってからどんな生活をするのですか。

詳しいことは知りませんが。各自協同化団地で受け持っている仕事があるようです。受け持った仕事は日曜にもするようです。だから日曜特別出勤をしなければならないときに、自分はできないと言う人もいます。そんなことが平日にも少しずつあるようです。平日に残業が予定されているとき、あらかじめ来て「この日は絶対外してください」と言う人がいるんです。開城工団の仕事以外に、集団主義の中で個別に別途の仕事が何かあるようです。いつもではないようですが。

――北側の労働者と近づいた契機がありますか。

生産の助けになることは何でも聞いてあげると言ったら、すべてのことは即座に解決しました。そんなことをしながら少し近づいたようです。彼らも積極的に、生産に支障があれば即座に解決しましょうと言いましたよ。見方によれば小さいことですが、こんなことが信頼の土台になると仕事をするのが楽です。信頼が壊れれば大変なんです。

――工場に仕事がないときには何をしますか。

のど自慢のようなことをさせます。南側では歌えと言われても嫌だと言って逃げたりするのですが、北側ではそんなことはありません。大変積極的です。「さあ、こっち来て歌いなさい!」と言えば、すぐに来て歌うのですが、本当に上手です。本当にウグイスみたいに上手です。語り童話もさせてみたのですが、上手でしたよ。語り童話の内容で、「労力動員に働きに来いというときは体調が悪いと来なかったのに、配給をくれるときになると急いで一番に来ましたね」と風刺するのを見て大いに笑いました。

――歌や語り童話以外のこともしますか。普段の休み時間には何をしますか。

一人一楽器で演奏をします。楽器はギター、アコーディオンなどです。企業ごとにバンドがあって、行事のときは企業別に競演大会を開いたりもします。昼休みにはほとんどバレーボールをします。だいたい男性たちがプレーして、女性たちは応援します。企業ごとに選手を選んで他の工場に行って試合もします。ちょっと見るとバレーボールが国技みたいです。

——南側の駐在員たちも一緒にするのですか。

南側の駐在員たちは見物するか休息をとります。開城工団の南側の労働者たちは仕事がとても多いんです。昼は技術教育をして、夜は整理しなければならないからどうしても疲れてしまうんです。

——昼食後にバレーボールをしたら、午後の勤務にちょっと遅れることもあるでしょうね。

少し遅くなることもあります。しかしだいたい時間を守るほうです。バレーボールの試合で遅くなったと思ったら、超過した時間分だけ補填します。用があって一時間くらい早く帰るときも、「次回補填します」と言いますよ。

——我々は食事の後にタバコを吸ったりコーヒーを飲んだりしますが、北側の労働者たちはどうですか。

北側の男性たちは、たばこをものすごくたくさん吸います。コーヒーは、事務室の労働者たちはたくさん飲みます。休み時間に作業場に行ってみると、季節によって食べるものが違います。トウモロコシや大豆も食べるし、蒸したサツマイモも食べます。だいたい大っぴらに食べたりしませんが、ときには私が一緒に分けあって食べようと言います。一緒に食べるのが内心好きなようですよ。最初は事務室にいる南側の駐在員たちが食べ物を持ってきて、一緒に食べようと言っても食べませんでした。それで北側の代表を呼んで「同じ民族なのに、食べ物くらい互いに分かち合って食べるのがいいのではないのか？　私は一緒に食べようと持ってきたのに、あなたたちが食べなければ礼儀にもとるではないか？　我々だけ食べるのはおかしい」と言ったら、わかったと言っていました。

――間食としてチョコパイやコーヒーミックスをあげると聞きました。それ以外に他の間食もあるんでしょうか。

二〇一四年まではいわゆる労働保護物資といって、そのようなものをあげました。二〇一五年からは一切禁止しています。総局の方針のようです。

開城工団を選んで良かったという思い

――北側の労働者たちに冠婚葬祭があるときにはどうしますか。

会社では特段の措置を講じることはありません。慶弔について公式的に話をしてくれないのでよくわからないのです。なぜ休暇を取ったのかといちいち聞けば、結婚式や葬式などと言います。まだそれだけの信頼がないということなのですが、全体的な工団の正常でない状況と関係があるのだと思います。

――我々の場合は冠婚葬祭があれば社員同士でいくらかお金を集めたり、会社でも誠意を見せるものですが、どうですか。

はい、似たようなものだと思います。いわゆる講《こう》のようなものがあるようです。彼らが自分たちでお金を集めるのを見たのですが、講が目的のようでした。冠婚葬祭のときには相互扶助が発達しているようです。集団主義が強固ですから。

――我々は盆暮れや祝日には休みますが、北側はどうですか。夏休みもあると思うのですが。

太陽節と呼ばれる金日成《キムイルソン》の誕生日、光明星節と呼ばれる金正日《キムジョンイル》の誕生日が一番大きな祝日ですね。休むのは一日か二日くらいです。秋夕《チュソク》〔陰暦の八月十五日。中秋節〕や正月にも三日くらい休みます。北側の休日は韓国よりも何日か多いようですが、夏休みは特にないようです。

――北側の労働者たちは作業するときどのような会話をしていましたか。

作業中はほとんど話しません。現場の作業がコンベアシステムなので大変忙しく回ります。

——生産性はどうですか。

生産量がある程度増えると調節するようです。だから生産量が順調に増えていったと思うと、あるとき急に落ちることがあります。目に見えて。インセンティブや弾力的な賃金が適用されないので、そのような面もあるのだと思います。賃金は全く同じですから。

——生産量が落ちるように調節するということですか。

そうです。理由なく落ちるときは気がおかしくなりそうです。本当に理解できません。開城工団で本当に残念なのは、会社ごとの従業員代表（職場長）によって成果が異なるということです。職場長が会社の事情をよく理解している人ならばその会社は発展しますが、理解度が低いと発展はありません。開城工団の北側の従業員代表たちは、ある程度南側の企業についての基本的な理解に関する教育を受けてきてほしいと思います。

——入居企業の法人代表たちの集まりはあるのですか。

ありますよ。会って工団の運営状況について意見交換をし、困ったことがあれば共有します。北側の人々は会社で起きたすべてのことを、朝夕「総和」します。総和とは、その日の出来事について話し、評価することを言います。このような総和を通して、南側の駐在員たちや企業の状況を共有するようです。ある日総局に久しぶりに行ったところ、「法人代表サン、○○にも行き、○○にも行くのに総局にはどうしてなかなか来ないのですか」と言われて本当に驚きました。会社の事情をお見通しだということですよ。

――北側の労働者たちと生活しながら、やりがいを感じるのはどんなときですか。

仕事ができる環境さえ作ってあげれば、彼らは何としてでもやり遂げます。信頼が築かれた状態で作業の指示を正確に伝達すれば、彼らは何でもやります。そんなようすを見てやりがいと可能性を感じますよ。開城工団を選んで良かったとも思いますし。彼らは本当によくできる人たちです。南北関係の巨視的な条件さえ正常化すれば随分変わってくると思います。

――今後開城工団はどのように発展すると思いますか。

南北関係が今のように対立的な状態であればもうこれ以上発展することはないと思います。今早く南北関係が正常化して、開城工団関連の合意事項が正しく守られなければなりません。今の開城工団は事実上正常でない状態です。寄宿舎の建設など韓国政府が守っていない約束も守らなければなりません。特に寄宿舎の建設は工団の最大の難題である、人手不足解消のために必ず必要です。

――北側の労働者たちと南北統一について言葉を交わしたことがありますか。

一般の労働者たちとはあまり話ができませんが、幹部の労働者たちは異口同音に「統一は必ず成し遂げなければならない」としょっちゅう言っています。熱烈ですよ。一般の労働者たちもほとんど同じだと思います。

――南側には開城工団が「貢ぎ」事業だと言う人もいるのですが、これについてどう思いますか。

私は絶対にそうは思いません。開城工団を知らないから言う言葉です。南と北が共にウィンウィンする場所です。厳密に言えば、開城工団は我々が南側の経済全体にもっと多くの利潤をもたらす場所です。開城工団が我々南側の経済に及ぼす影響を正しく知らなければなりません。

●取材後——

チェ法人代表のインタビューは約二時間行われた。積極的な性格の、隠し事のないざっくばらんな答えの一つひとつに開城工団に対する愛情が色濃く反映していた。

法人代表によれば、開城工団で働いている北側の労働者たちは枯渇状態に至った。より多くの労働者が供給されるためには、集団的に連れてこなければならず、そのために寄宿舎を建てなければならない。二〇〇七年十二月、南北は開城工団の寄宿舎建設に合意した。しかし二〇〇八年に政権を取った李明博《イミョンパク》政府は合意の二か月後にこれを否定した。政府間の信頼が失われた中で、企業ばかりが孤軍奮闘している。

ジーンズを生産している北側の労働者が、破れたジーンズをはいて働く日はいつ来るのだろうか。

5

彼らは泣いていた。我々も泣いた。これは一体どうしたことか……

――ヤンミョンジン法人代表

（取材　イヨング）

京畿道《キョンギド》の事務室で会った語り手は次の日の朝早く開城《ケソン》工団に行くと言った。開城工団に入るために業務会議が長くなり、インタビューは夜遅く行われた。簡単に挨拶をして、炸醤麺《ジャジャンミョン》を食べながら始まったインタビューだった。力強い声の持ち主の彼は五十代後半くらいの年に見えた。

――開城工団の現地責任者だと聞きました。会社についての簡単な紹介をお願いします。

開城工場の法人代表です。開城工団にある会社の代表だと思えばいいです。会社は二〇〇七年に入居し、四百名あまりの北側の労働者たちと五、六名の南側の駐在員が働いています。北側の労働者たちの平均年齢は男性が四十代半ばで、女性はいろいろです。男性と女性の比率は四対六くらいです。

――北側の労働者たちをはじめて見たときはどんな印象でしたか。

第一印象は誰でもそうだと思いますが、緊張感、警戒感が主な感情で、先入観と優越感もなくはありませんでした。様々な感情がありました。

工団に入居する前に教育を受けて、言葉に気をつけろとか、見るものに聞くものに対して注意しろとかたくさん言われました。男同士の簡単な抱擁なども問題になると注意されましたよ。大概初心者がしでかす失敗は、このような注意事項を忘れてしまったときに起きます。だから緊張しないわけにはいきませんでした。彼らも我々を警戒しているようすでした。誰かが自分を監視しているかもしれないという考えが起きたりもしました。

「考える自由」はあるが、「表現の自由」はない場所

――明日開城工団に入るのだから大変でしょう。開城工団への出入りを繰り返しているとストレスも多いでしょうね。開城に入ればどのような点が大変なのでしょうか。

開城に入れば普通二、三週間ほどとどまります。駐在員たちがはじめて入るときにはストレスをたくさん感じます。我々だけでいるときは表現の自由があるのですが、北側の労働者たちと一緒にいるときには思う存分話すことができないじゃないですか。同じ民族ですが、体制と

制度が異なる国家へ「国境線」を越えたわけです。海外支社はたくさんありますが、開城工団ほど表現の自由が制限されるところはないことでしょう。そこで最初のストレスを感じます。考える自由はもちろんあります。しかし表現の自由、行動の自由は少ないです。実は最近は随分良くなりました。草創期にはとても小さな失敗や間違いも簡単にやり過ごしたりしませんでした。南側の駐在員がはじめて発令されてやってきたり、見知らぬ人が作業場に入れば、あちらの人々は一斉に見つめるのですが、その気分は本当に妙な感じです。

――とても戸惑うことでしょう。警戒心、あるいは好奇心のようなものでしょうね。

好奇心と警戒心が混じっているのでしょう。けれどもある程度時間が過ぎれば、まず言葉は通じるので、互いに相手を知り、感じるようになりましたね。何か月かが過ぎて互いを知るようになれば、会話するのがずっと楽になります。話の内容が敏感でちょっと度を越していても、やり過ごすことができます。しかし危険だと思えば、注意や警告をします。「それはちょっと違うのではないですか」というふうに。特に南北関係に大きな影響を受けます。

残念なのは、南側の駐在員と接触できる北側の人間が、主に職場長や作業班長など組長級以上だという点です。現場の下級労働者たちを見れば、北朝鮮は平等社会だというけれど、そうではないということがはっきりわかります。辛く大変な仕事をする下級労働者に温かい言葉一つでもかけようとすると、彼らはかえって引いてしまいます。

――工場の最高責任者として北側の労働者たちと直接対面する機会は多いのですか。

労働者たちに伝達事項があれば、原則的には北側の労働者の代表である職場長を通して伝達します。けれども毎回手続きを踏んでいると時間がかかるじゃないですか。作業方法を全体的に変更する場合なら手続きを踏みますが、仕事の性質上、個別の労働者たちが仕事ができるかできないかというようなことは、直接指示することもあります。そんな点に関しては北側でも問題にしたりしません。軽い会話はいつでもすることができます。しかし政治的な話はほとんどしません。

北側の労働者たちも知りたいことをたくさん聞いてきたりします。いつだったか、連休が明けて復帰すると、北側の労働者たちがこう聞きました。

「法人代表サン、ゆっくり休みましたか」

「ふぅ～。故郷に帰ってくるの大変だった」

「どこですか」

「どこって言ったらわかる？　慶尚道《キョンサンド》のどこどこなんだけど、長時間運転してきたら疲れて死にそうだよ」

こんなふうに言ったら、彼らは不思議に思うんです。自分たちの基準では特別な目的や理由なく連休に通行証なしに他の地方に自由に行ったことがないので、私が言うことについて好奇心を持って質問したり反問したりするのです。

——自分たちが経験したことのないことや、やったことがないことについては想像しづらいのでしょうね。

そうでしょう。はじめは私の言うことが嘘だと思ったと思います。今でもそのことについて聞くのを見ると……。(笑)

それでも企業が開城を諦められない理由

——開城以外の他の国で支社や現地工場を運営したことはありませんか。特に社会主義圏の国家での経験があれば、経営者として開城工団の価値を比較することができるのではないでしょうか。

ベトナムやミャンマー、中国、カンボジア、そして社会主義国家ではないけれど、インドネシアのような国への進出について言うならば、我が社は間接的な経験しかありません。他の会社の経験も業種によって異なると思います。しかし利潤を追い求めるのが企業の属性なのに、開城工団の暫定的な中断期間に、海外に取引先や生産工場がある会社も開城工団から完全に撤収したところがないというのが質問に対する答になると思います。開城を諦められない理由としては、人件費、アクセス、技術、などをあげることができましょう。特にこの十年の間開城工団で働いた北側の労働者たちの生産力や技術力は大したものです。

――開城工団には個々人の生産性向上に対する補償、例えば成果報酬のような制度がないと聞きました。

北側の労働者たちも「時間」で計算する仕事はもっと積極的に働きたがります。例えば延長労働のようなものは時間で計算するので、すぐにわかるじゃないですか。けれども、同じ時間に数量をもっとたくさん生産するなどの生産力の向上には熱意を見せません。仕事効率ないし労働生産性は低いと見ることができます。しかし最近北朝鮮でも均等分配の原則を撤廃したと聞きました。ならば彼らの生産性はずいぶん改善されるでしょう。

結論的に言えば、北側での労働生産性は個々人の性格や努力ではなく、集団主義的な目標に左右されます。北側の労働者の大多数は、生産性向上には意味を感じないし、むしろ他の人々の視線が気になります。企業が生産性をあげようとするなら、企業内の北側の労働者全体の成果になるようにすればいいのです。

一方では南側の駐在員たちと個人的に親しくなると、いわゆる「目をつけられる」雰囲気もあります。親しくなって冗談の一言や二言くらいは言うことができますが、いつもそういう素振りをして外見にもわかるようになると、その労働者は思想教育などを受けることになるようです。特に南北関係が対立するようになってから、そのような正常でない関係がもっとひどくなったと思います。だから人間的に好きで親しくなっても、外見からはよくわかりません。本当に素敵な北側の労働者がいたら、むしろちょっと遠ざけたりもします。

――南側の駐在員が北側の労働者たちとの会話や行動の中で失敗をしたらどうなるのでしょうか。

重大な失敗をしたら、罰金を取られたり、謝罪文を書かされたりします。南側の駐在員の失敗が上層部に報告されるほどなら、相手の北側の当事者はすでに思想教育を受けたと見るべきでしょう。大部分がその線で収まります。謝罪文を書く場合は、開城工団に南側の新聞を知らずに持ってきたとか、聖書のような物を申告せずに持ってきたりする場合です。このような物がときどき我々が知らないうちに作業物に混じって入ってくるんですよ。また、取引先で物品が破損しないように新聞紙に包んで送る場合があるのですが、よりによってその新聞の中に北側の体制を批判する内容があったりしたら、謝罪文を書かなければなりません。それ以外に南側の駐在員が謝罪文を書くことは稀です。

韓国の人々は頭に角の生えた鬼?

——開城工団では普段どのような働き方をするのですか。

北側の労働者たちの労働時間は一日八時間で、昼休みは労働時間から除きます。特別に、一週間のうち一日は午前あるいは午後だけ働きます。北側の労働者たちは全体で集まって「文化生活」ということをするのですが、主に思想教育あるいは政府や党の指針を定期的に受け取ることだと承知しています。映画や演劇も見るというのですが、文化生活というよりは文化教育でしょう。労働時間は週四十八時間ですが、このように抜ける時間を補填するために一日九時間働きます。

仕事が多いので大部分延長労働をします。延長労働は一日二時間ですが、このときチョコパイやインスタントラーメン、コーヒーのような労働保護物資を支給します。

——退社後の自由時間はどう過ごしますか。

だいたい忙しいので退社したらすぐに寝ます。それ以外に他の会社の駐在員たちと酒を飲んだり、集まりを持ったりして、工団全般についての情報を共有します。

開城工団で耐えられなくなる人は、だいたい内向的で非社交的な人たちです。どの社会でも同じでしょう。他人とうまくやっていけなければ、開城工団は特に辛いです。

――開城工団が北側にあるために不便な点は？

インターネットが使えないことですね。メールが使えないので、もどかしいです。納期の問題や元請業者のクレームなどの問題が発生したとき、迅速に取引先に依頼して措置を講じなければならないのですが、そういうことが難しいんです。それ以外に個人的な不満といえば垣根の中にいるような感覚？　誰かが監視しているという感覚や思い通りに行動できないということなど、精神的なストレスが難点です。

与えられた枠の中でしか動けないという強迫観念が最初はひどかったです。今はずいぶんよくなりましたが、環境や制度が良くなったわけではなく、慣れてきたのでしょう。しかし五・二四措置以降北側の統制や圧力は前よりもずっとひどくなったと思えばいいです。もっと締め付けられている気がします。なんといってもソウルのように自由ではないですからね。

――最初に開城工団に行くと言ったとき、周りの人たちは心配しなかったでしょうか。

当然最初はみんな心配しました。しかし今は何年か経ったので、たいして心配しなくなったように見えます。余談ですが、この生活が四〜五年続くと南側にある対人関係の多くと断絶します。しょっちゅう会えないからでもありますが、我々自身も閉鎖的に変わってしまいます。ソウルに来て会う人の七十〜八十パーセントが開城工団の関係者です。いつもよく会話していた人同士は話が続きますが、たまに会う人との間では「元気だったか?」の一言くらいであとは話が続きません。

——開城工団にいて北側に対する見方が変わったことがあるとしたら?

私は北朝鮮について特別な先入観はありませんでした。しかしいざ接してみると、韓国社会とは異質な感じがかなりありますね。もちろん一緒に話をすることができる相手にはなりますが、深みのある会話はお互いにできません。彼らの社会秩序を理解するようになると、私が開城でできることと、してはならないことの線が引けるようになりましたね。これも経験によって体得したのだと思います。

彼らも最初は南側の人々を不思議そうに見ていました。頭に角が生えていると思っていたそうです(笑)。我々が彼らをおかしく思っていた以上に、彼らも我々をおかしく考えていたんですよ。

――北側の労働者たちとの間にどんな摩擦がありましたか。どのように解決しましたか。

いつも問題の種をはらんでいます。我々の社会では仕事に関してだけは上司に服従する関係があるじゃないですか。ところが開城工団では何でも職場長を通して手続きを踏まなければならないので、頭に来ることが多かったです。草創期には彼らの考え方が理解できなくて生じたことも多かったし。

私が感じるには、北側の労働者たちはまず自分たちの失敗を隠そうとすることが多かったです。何か事故が起きると、我々にはみんなお見通しなのに、あるいは、我々がはっきり見たにもかかわらずシラを切るので、本当に頭に来ました。このようなことは適応するのが難しかったですね。彼らは自分たちの過ちを認めれば、「大怪我をする」という認識があるようでした。それでシラを切ったのです。人は誰でも過ちを犯すものなのに、過ち自体を隠そうとするから、会社の方もしばしばひどい目にあったりしました。

どんな思いで私が労働者たちや組長級の人たちに「事故が起きたらまず知らせよ。そうすれば責任は問わない。ただし同じ失敗を繰り返してはならない。作業場で起きた事故が早く報告されないと、被害を最小化することができない」と強調し続けたと思いますか。それでやっと、事故や失敗などの過ちがあっても即座に報告するようになりました。

偏った見方の総合編成チャンネル〔二〇〇九年新聞法と放送法の改正により生まれた、報道と娯楽・教養などすべての分野のプログラムを編成することができるチャンネル〕、とんでもない誤報と憶測

――事故や失敗を隠蔽しようとするのは、ひょっとすると技術の熟練度が低いからではないでしょうか。北側の労働者たちに対する技術教育はどんなやり方で行われるのですか。

単純加工が多い繊維縫製は、労働力に加えて熟練が必要なのですが、普通一年から一年六か月ほどで熟練が可能だと思います。むしろ体力的な問題や新規の人員補充の遅れから生産性が落ちるのであって、実は熟練度は良くなっているのです。

技術教育は草創期には南側の技術者を通して行いました。主に会社独自の教育でしたが、南側の技術者が北側の職員をマンツーマンで教育して、その後教育を受けた北側の労働者が他の北側の労働者たちを教える方式が良いです。南側の技術者は大きな枠で理論的な教育をし、実務的な教育は彼らだけで組別に分散してやるのです。他の業者も似たようなものです。

――南北間の緊張が高まった時期にも開城工団で勤務されましたよね。金正日《キムジョンイル》委員長の死亡時期の工団の状況はどうでしたか。延坪《ヨンピョン》島《ド》砲撃事件や

マスコミで報道されるほど、身辺の不安はありませんでした。けれども延坪島砲撃事件のと

きは「戦争に飛び火するのではないか」と少し緊張しました。戦争とは局地戦から広がるものじゃないですか。それでも開城工団はおかしなくらいに平穏でした。当時、国防長官がもしも戦争が拡散する兆しがあれば開城工団にいる我々が人質になるかもしれないと言ったのですが、そんな言葉は我々を一層がっかりさせました。北側にとっては侮辱であったと思います。

金正日委員長の死亡のときは相当緊張しました。我々が北側の人々よりも速くニュースを通じて知りました。だからといって北側の人々に先に知らせることもできなかったですし。それほど緊張感で張り詰めた感じはありませんでした。ところが昼休みに、我々よりも一、二時間後に金正日委員長死亡が知らされたとき、かなりの衝撃を受けました。彼らの文化をある程度理解していると自負していた私も「この人たちは本当に我々とはずいぶん違うんだな」と思いました。

普通南側では神格化と見下して言うのですが、本当に衝撃的でした。それまで知っていた北側の労働者たちの姿ではありませんでした。両親が亡くなった以上の嗚咽《おえつ》と慟哭《どうこく》が開城工団を埋め尽くしていきました。すべての北側の労働者たちが集団的に慟哭をするのですが、本当にものすごかったです。あれを本当に理解したら北側をまともに理解することになるでしょう。

だからといって、我々に害を与える感じはありませんでした。面白いのは、北側の人々が金正日委員長の死に対して南側の駐在員や韓国の人々も当然悲しむだろうと信じていたということです。「世界の偉大な指導者」が死んだのだから、我々も悲しむだろうと考えていたようです。南側の駐在員たちが悲しまないようすを見て、大変不思議がっていました。

哀悼期間の間、南側の駐在員たちは飲酒、娯楽はもちろん、スポーツもできませんでした。一部の南側の駐在員たちが宿舎で酒を飲んでいたのが北側に発覚し、「こんな日にどうして酒を飲むのか」と抗議を受けたこともありました。

――南北関係が緊張すると、南側の反応を知りたがると聞きました。そんなことがありましたか。

稀にですが、南側のマスコミの記事や報道について話すことがありました。「お互いに誹謗中傷をしないことにしておきながら、なぜ我々の最高尊厳を冒涜するのか」と言うのです。そんなとき、「南側には言論の自由がある。そんなことで南側を非難するな。政治的な話はするな」と言います。ただ南側で誤った報道をしたり、憶測を事実であるかのように言う場合は我々ももどかしいです。工団が暫定的に閉鎖されていた頃の「開城工団に残っている駐在員たちは草をむしって食べている」といった報道が代表的なものです。本当にもどかしかったです。

何人かの駐在員たちは開城工団に関連した間違った報道にコメントをつけて、正確な事実を伝えようと努力しているようでした。コメントの内容を見ると、「あー、この人は開城工団の駐在員だな」とわかります。しかしそんなコメントに返信する人々は、我々のことを「左翼共産主義者」と罵倒していました。それで最近は見もしなくなりました。それをどうすることができましょう。ソウル市庁の前に壁新聞を貼るわけにもいかないし……。やったところで無駄です。あまりにも知らないのです。開城も、北朝鮮の人々についても。

――当時南側の一部マスコミでこの機会に北側に対する「貢ぎ」を中断しなければならないと主張したりもしました。

開城工団について「貢ぎ」という言葉は似合いません。南側の資本と北側の人力が共生するという言葉が正しいでしょう。当時私は開城工団の再稼動、正常化を求めて国土縦断をしました。思ったよりも反応が良かったですよ。開城工団の必要性はみんな認識していました。ちょっと見た感じでは八十〜九十パーセントの人が我々の話に同意しているように思いました。

私は韓国政府が開城工団の入居企業の財産を保護してくれることを切実に望みました。そんな微妙な時期には、北側に向かい火を放つのではなく、「交渉力」を発揮することが必要だと思いました。そのような点で韓国政府はもどかしいです。一部のマスコミの歪曲と北側に対する猛攻は彼らの自尊心を傷つけました。総合編成の放送を見ると、偏った見方の討論者たちが北側を刺激する不快な単語を乱発していました。本当に低級でした。

南側のマスコミの報道とは異なり、開城工団の中で我々はむしろ自由でした。韓国政府の最終通告により、南側の駐在員が全部撤収するとき、出境待機線で書類審査をするために八時間とどまりました。そのときの心境ですか。一言で言えば暗澹たるものでした。何人かの人々は出境を拒否して、出て来ないと頑張ったり隠れたりして管理委員会が引き止めるのが大変でした。自分たちだけでも残っていなければ南北が交渉しないのではないか、と考えたのです。金《クム》剛山《ガンサン》のように永遠に中断されるかもしれないと心配したのです。

――開城工団が再稼動したとき、再び入ることを周りの人々は止めませんでしたか。

駐在員たちにとって、開城工団は生存権と直結しています。開城工団の閉鎖は結局、駐在員たちを失業者にしてしまうことになります。開城工団に来てからいくらもたたない人たちは、工団の閉鎖が決まるや否や一番先に荷物をまとめて出て行ってしまい、離職したと聞いています。それに対し、開城で何年か頑張った人たちは、開城工団が再稼動したときにほとんどみんな帰って来ました。私の場合は周りの人たちが入るのを止めました。よくわかっていない友だちは、「なんでまた入るの？　ここでこのまま生活すればいいのに」と言って心配してくれました。しかし私の生計を友だちが代わりに解決してくれるわけでもなく、結局は私がすることだと考えて、また戻ってきました。

――工団が正常化して、北側の労働者たちにまた会ったときはどんな感じでしたか。

再稼動が決まった後、夏に中間点検を兼ねて行きました。夏季だったので機械が錆びていないか点検して、ついでに掃除もしに行ったのです。ちょうど北側でも班長級の人員たちが支援のために来ていたのですが、私を見るや否や泣いたんですよ。私も一緒に泣きました。

閉鎖された期間、我々はとても大変でしたが、彼らもすごく大変だったと聞きました。開城工団に通勤していた労働者たちが集団勤労に動員されて回っているということは、海外のマスコミや韓国内のニュースを通して聞いていました。労力動員の跡は彼らを見たらすぐ感じられました。工団にいたときと比べると、皮膚の色からして違っていましたから。

開城工団の操業再開で北側の労働者たちを四か月ぶりに見たのですが、薬《くすり》になった面も否めませんでした。それほど彼らは再会を喜び、彼らの切実さが表情に表れていたんです。再稼動後、本当に一生懸命働きましたよ。時間が経ったらまたのろくなりましたがね。(笑)

――女性の労働者たちの方が多いと聞きましたが、北側の男女平等はどうなのですか。

我々の基準で見ると、北側の社会は男尊女卑がずいぶん残っているようです。重たい原材料のようなものがあっても、男たちは何もせずに、女たちが運びます。企業ごとに違いはありますが、男性の労働者たちは会社でも受け入れを嫌がります。組ごとに与えられた共同作業でも男が女にやらせるのが普遍化しています。

女性の労働者たちの話が出たので言うんですが、本当に残念なことがあります。女性たちは普通、明け方の三時から四時に起きて、出勤の準備をするようです。通勤は管理委員会が提供する通勤バスを利用します。電気炊飯器のようなものがないので、明け方にご飯を炊いて家族に食べさせ、弁当も作り、寒い明け方にバスに乗って出てきます。練炭ガスの事故も多いです。天気の良くない日に出勤をしないときは、ほとんどそういう場合です。むしろ忙しいときに夜間の作業をして徹夜をする方が、個人の健康にはいいでしょう。明け方三時から四時に起きて、会社に出勤して、また夜遅く退社する日常を繰り返すことが我々にできるでしょうか。ある面では彼女たちは本当に献身的です。

統一されたとしたら必ずしたいこと

――分断七十年です。互いに異なる体制のもとで生きてきたから、北側の労働者たちは我々と多くの点で違うと思うのですが。

純粋に私の考えなんですが、北側の人々は経済的に豊かな韓国の人々に嫉妬心や妬みのようなものがあると思います。だからといって、明確に羨ましいと思っているわけでもありません。

我々に対して微妙な感情があるようです。当局の関係が正常化されれば、我々の関係もずいぶん良くなるだろうと思います。

北側の職員同士で教育を受けるときや食事するときには、南側の駐在員たちは入ることができません。礼儀に悖《もと》ると考えて盗み見たりもしません。

呼称は、親しかったり、歳の若い人には普通「トンム」と呼び、少し年配だったり地位が高ければ「ソンセン〔先生＝サン〕」と言います。「トンム」という呼称は、はじめは相手を下に見ているようで、礼儀に悖るような気がして使えませんでした。最近ある総合編成の放送で脱北者が、韓国の社会に来たら自分を「誰々シ〔氏＝さん〕」と呼んでくれてよかった言っていたのですが、それは嘘みたいです。彼らは「誰々シ」と呼ぶとむしろ無視していると考えて相当不愉快そうにしています。

呼称のせいで飲み屋で慌てたこともありました。接客している従業員の名札を見て、「誰々ヤ〔ちゃん〕〜」と言ったんです。我々はその方がもっと親しい呼び方だと考えるのですが、北朝鮮の接客員たちはとても嫌がります。接客をしないというのをやっとなだめました。普通は「接客員トンム」や「誰々トンム」と呼ばなければなりません。女性同士ではときたま「オンニ〔姉さん〕」と呼ぶ呼称が通じました。

北側の人々は韓国の人々に比べて実はとても純真で純朴です。ときどき互いを知らなかったり誤解によって起こるトラブルもなくはありませんが、「知らないからなんだ」と考えてみれば純真な面がたくさんあります。しかしときには唐突で攻撃的な言葉遣いをして我々を驚かせたりもします。

工団にいる北側の労働者たちもずいぶん変わりました。電気事情がよくなくて、会社に来て充電もするし、洗濯もするし、ときには風呂まで入っていきます。彼らの生活が良くなったというよりは、我々との接触を通して文化が良くなったのです。ちょっと前にはシャンプーやボディーローションを持って歩く人も見ました。化粧もメイクアップはできないけれども洗練されてきました。

最初エレベーターの使用法を教えるのに苦労しました。余談ですが、北側の労働者たちは退社するときにも水は出しっぱなし、電気もつけっぱなしで帰ることが多くて大変でした。彼らは電気や水をお金の観点から見ることはしません。国家が供給する領域ですから。経済観念がないのです。節約するという概念がありません。

――開城工団は「小さな統一の空間」だと言われます。北側の労働者と関係者たちとたくさんお会いになったのですから、統一に対する見方や統一の方法論についても一言お願いします。

開城工団の北側の労働者たちもずいぶん変わりました。特に女性たちの服とハンドバッグを見れば、本当に変化が実感できます。互いに異質な文化が衝突して互いを知っていく過程にあると思います。

北側でも子供に対する投資は南と変わりません。服やローラースケートなどの余暇、文化生活費の支出も増えたそうです。開城工団だけを通してではないでしょうが、工団が南北の異質性を克服する契機になると考えます。

私の考えでは、開城工団のような場所が五、六か所あれば、経済の分野で統一に向かう大きな近道が開くのではないかと思います。もちろん政治的、理念的統一は多くの時間がかかるでしょうが、相互理解の幅を広げる契機が拡散するだろうと考えます。

時期的には統一はまだ遥か遠いと思います。急な統一は多くの衝撃をもたらすように思います。何せ強固な集団主義体制に順応している人々ですから。ベルリンの壁の突然の崩壊によるドイツ統一の過程になぞらえて言う人たちもいますが、ドイツと比べると、ここはまた違うように思います。普通の北朝鮮の人々は情報がなく閉鎖的なので、そのような方式の統一はとんでもない乖離感をもたらし、統一の費用ももっと増えるでしょう。

――開城工団の未来と展望をどのようにお考えですか。これに関して開城工団についての感想がおありならば。

北側にも変化の風が吹いているということを看過してはなりません。いわゆる「責任英雄制」「家族英雄制」「均等配分禁止」のような措置が発表されて、開城工団の今後に多くの変化が生じる可能性があります。人件費を取って食う式の企業経営はもう限界に達するでしょう。企業自らが内部革新を通して経済力を養わなければなりません。

最初の開城工団は「美しい泉」でしたが、だんだん枯渇し始めています。我々が技術集約的な産業へと自らを革新、変化させていかなければ、開城工団の経済力は落ちることでしょう。今まさにターニングポイントが来たという思いです。開城工団は私の仕事場であり、生計の手段ですが、あらゆるリスクの負担にもかかわらず、統一の一部分を担当しているという自負心もあり、将来孫ができたら自慢したいです。

統一されれば、いや、南北の平和だけでもしっかり定着すれば、我が社の北側の労働者たちが住んでいる家に是非行ってみたいです。行って何でも食べさせてもらいたいです。一緒に酒も飲みたいしですし。ご馳走してもらいたいのではなく、彼らと本当に心で会ってみたいです。本当の弟、兄さんのようにです。そしてきっとこう言ってやりたいです。「もう俺を信じてくれるか?」「もう俺を本当に信じてもいいんだよ」と。今でも我々は開城工団の中でも警戒しているじゃないですか。「本当に互いを信じよう!」と言いたいです。

●取材後——

語り手は自らを平凡なサラリーマンだと紹介した。開城工団で働くこともただ金儲けの手段だと素朴に言うが、開城工団とそこで働く人々に対する愛情が深いように見えた。開城工団の正常化のための国土大行進について語りながら、ため息をついたりもし、再稼働して北側の労働者たちと会って泣いたという話をするときは目元を潤ませていたように見えた。

毎日開城工団という「小さな統一」の空間で「大きな統一」を準備する人々がいる。受け持った仕事をし、ときには喧嘩し、違いから来る挫折も味わうけれど、互いに少しずつ似ていき、理解の幅を広げる人々、彼らが置いてくれる小さな意思の疎通と信頼の石は、いつの日か大きな家を建てる基礎になってくれるだろう。

6

こんなに丸見えの下着をどうして着るのですか。ぞっとします！

――イソンニョン課長

（取材　キムセラ）

三十代後半のイソンニョン課長（女性）は、イージーウェアをＯＥＭで生産する業者に勤めていた。長い間開城《ケソン》工団に常駐して生産ラインを管理した。イ課長はしっかりした印象のまっすぐな性格の持ち主。それに話術にまで長けていて、北側の労働者たちの口癖の真似が本当に上手だ。彼女の「開城工団の話」は週末の娯楽番組にも負けない面白さであった。

――開城工団で働いているとき、週末に家に帰ったらどんなことからなさいましたか。

毎週帰ることはできず、一か月に一度くらい帰りました。週末は北側の労働者たちが特別勤務をたくさんするので、管理者たちが交代で当直をしなければならないんです。家に帰ればまずスンデスープを食べに行きました。必ず「特盛り」を注文して食べました。工団で食べるものは調味料の味が濃くて、南側に来たらさっぱりして辛いものを食べたくなるんです。そのあとでお風呂に入ってからとにかく寝ました。そうしなければ、次の一週間を耐えることができる気力が生まれません。

――週末なら友だちにも会って、楽しく過ごされたように思うのですが、意外ですね。

最初の一年間はそうでした。ところが人間関係が少しずつ疎遠になって二年過ぎるあたりから連絡がすっかり途絶えました。開城工団にいらっしゃる他の方たちもみんな同じです。そうしていると自然と開城で一緒仕事をする同僚たちと親しくなります。

――開城工団での日課を簡単に紹介してください。

私は生産を支援する役割なので朝現場を回ることから一日が始まります。まず裁断と副資材〔ボタンやホックなどのパーツ〕の方を回ってから生産ラインに行きます。ラインに問題があれば本社と協議して処理します。仕事をしていると副資材が足りないとか、ミシンが故障するなど、いろいろな問題が起きるんです。そうこうするうちにお昼休みになります。北側の労働者たちの休み時間は午前と午後に各々十分ずつ与えられますが、午後も午前と同じ日課が繰り返されます。勤務時間は本来六時までですが、残業が多くて普通八時に終わります。そうしているととても疲れて夜の十一時前には寝てしまいます。

――では日課が終わった後の余暇の楽しみは特になかったのですか。

はじめは寄宿舎の中でテレビばかり見ていました。外に出るのが怖かったんです。開城工団と北朝鮮について知っていることがあまりにも少なくて……。後になってやっとずいぶんバカみたいだったなと思いましたよ。それからサークルにも加入して、退社後に二時間ずつ運動をしました。

できれば避けたかった場所、開城

――はじめて開城工団での勤務が決まったときの気分はどうでしたか。身の危険など怖くはありませんでしたか。

そういう怖さはありませんでした。入社してから長い方なので、開城工団がどんな場所か知っていたんです。もちろん好奇心はありました。けれども言葉と行動の制約が大きいということを知っていたので、できれば避けたかったです。会社の決定なので従いはしましたが、開城勤務だからと給料をたくさんくれるわけではないですから。一部の会社では賃金をもっと支給する場合もあります。

――ご両親や友だちはどうでしたか。

両親は心配しながらも「会社が行けと言うなら行かなきゃ」と言い、親戚、友だちは一日も早く帰ってきなさい、という感じでした。

――北側の労働者たちはどのように出勤するのですか。

北側の労働者たちの通勤バスがあります。通勤バスに乗るために、明け方の三時から四時に起きて、ご飯を作って食べてから来る場合もあるといいます。バスに乗って会社に来ると六時になるのですが、会社の建物はお湯が出るからシャワーを浴びたり、洗濯をしたりもします。

朝六時四十分頃に食堂にみんな集まって、北側の幹部労働者が新聞や本を読んだり一緒に歌を歌ったりします。幹部労働者たちの怒る声が聞こえるときもあります。毎日このような「生活総和」の時間を持つのですが、それがすべて終わればみんな同時に席を立ちます。そのときの椅子の音がとても大きくて、その音が聞こえれば総和が終わったという知らせなので、我々も現場に降りていきます。それが一日の日課の始まりです。

現在開城工団の北側の労働者は全部で五万三千人である。このうち三千人は自転車で通勤し、五万人は開城工団管理委員会が運営する約二百台余りの通勤バスを利用する。一度に全部を出勤させることができないので、労働者たちの居住地と移動距離を考慮して、会社ごとに一次から四次まで通勤バスが運営されている。

――はじめて北側の労働者たちをご覧になったときはどうでしたか。ずいぶん異質な感じがあったのではないですか。

私は北朝鮮の人々は本当に頭に角が生えていると思っていました。幼いときからそのように習ってきましたから。ところがいざ見てみると、頭に角はないのに、無意識にずっと警戒するようになったんです。私だけではなく、彼らも我々を警戒しているようでした。

――ぎこちない雰囲気だったでしょうね。それでも互いを呼ばなければならないことがあったと思うのですが、呼称はどうしたのでしょうか。

「トンム」とか「同志」とか呼べと言われるのですが、私はその言葉がほとんど出てきませんでした。しばらくの間、名前のせいでずいぶん侃々諤々《かんかんがくがく》やりました。今はただ名前を呼んだり、「オンニ〔姉さん〕」または「シ〔氏＝さん〕」で呼びます。男性には「ソンセン〔先生＝サン〕」

と言います。労働者たちがときどき気まぐれを起こしたこともあります。「私は姉さんじゃありません。トンムと呼んでください」と言って突然「オンニ」の呼称を拒否したりもしました。けれどもだんだん変化が起きて、今では自分たちのあいだでもたまに「オンニ」と呼んだりもします。

――そのつもりはなかったのに彼らの言語生活に影響を与えたわけですね。言語習慣の違いから生まれるハプニングが多かっただろうと思いますが。

とても多かったですよ。「言葉」のせいで生まれる意思の疎通不足の問題は今でも解決できていない部分があります。外来語を使えば全く聞き取れないほどですから。最初はこんなこともありました。私が何か言いさえすれば「用ないです」と言うんです。韓国語で言えば「大丈夫です。構いません」という意味なんですが、私はそういう意味に受け取りませんでした。それで「いや。今用はあるのよ。用あるんだってば」と言い続けました。その言葉の意味は六～七か月経ってからやっとわかりました。のちにその言葉について冗談も言ったり一緒に笑ったりもしました。

――互いに警戒して笑いもしなかったのに、のちには冗談まで言い合ったというんですね。

最初は彼らとどう対していいのかわからずお先真っ暗で怖かったです。しかし時間が経つにつれて私が先に心の扉を開きました。「愛しています」という言葉を言い始めたんです。すると「その言葉は男女の間で使う言葉じゃないですか」と怪訝そうでした。それで私が「違います。愛しているという言葉は男女の仲を超えて誰にでも言うことができるいい言葉だから、私にも言ってください」と言いました。その後、ある日私が上司に叱られて沈んだ気持ちで座っていると、誰かが静かに私のそばに来て、「愛しています」と言ってくれたんです。あのときは本当に胸にこみ上げるものがありました。

――想像するだけで心が温まりますね。北側の労働者たちが少しずつ心を開くようになったのでしょうか。

彼らも韓国の人々は頭に角が生えていると思っていたそうです。また、駐韓米軍が韓国民を監視していると思っていたそうです。互いに誤解していた部分が多かったのです。私は新しく来る駐在員たちにこんなことを言います。「北側の労働者たちは我々が持っている警戒心よりももっと大きな警戒心と被害意識を持って我々に出会う。けれども何度も接しているうちに、そのような警戒心は和らぐ」と。

——そのように互いに心の壁がなくなっていって、だんだん通じ合うようになりましたか。

ご両親が亡くなったら一緒に涙を流してあげるというふうに、私が少しずつ気を配ってあげたら、彼らも私の気持ちを受け入れてくれました。いつだったか、私が上司に叱られてシュンとしていたら、「今日も法人代表さんに怒られたんですか。私たちもこれからもう少し頑張ります」と言ったんです。そんなことを言うのは簡単じゃないでしょう？　胸がジーンとしましたよ。スキンシップも果敢に試みました。気分がいいことがあるとパッと抱きしめたんですが、最初は気まずい感じで避けていました。それで「なんで避けるの？　私は虫か？」と愚痴を言いました。そうしたらのちに私のスキンシップを避けなくなりました。彼らも変化していっているのです。

——我々だってスキンシップが発達している文化ではないのだから、北側はもっとそうだろうと思います。どうでしょうか。

そうです。彼らがスキンシップをしているのを見たことがありません。北側の労働者たちは普通二人一緒に行動するのですが、女性たちは主に手をつないで歩きます。抱擁は全くしません。だから私が最初に抱きしめようとしたときはずいぶん驚いたことでしょう。文化的な衝撃だったと思います。

「後ろ盾」がある人は力があるのは同じ

――女性の労働者が大多数ですが、ひょっとして韓国の女性たちの服や化粧に関心を持ちませんか。

最初はほとんど化粧をしなかったのですが、徐々に変わっていきました。いつからか、マスカラをして、アイラインも引いて、口紅も赤く塗って歩いているのです。髪の毛も私のヘアスタイルと似たようにして、耳に穴を開けてピアスもして歩いています。我々を見て、真似しているんです。

――韓国の化粧品は、彼らにとってはとても貴重な品物でしょうね。

週末に集団勤労をたくさんするので、顔が日に焼けます。真っ黒に日焼けした顔がかわいそうで、日焼け止めをあげたりもしました。最近は香水もたくさん使います。私が持っていた携帯用の香水を見て、「これは何ですか」と聞くので、「私が振りかけるものです」と言ったら、「今度この香水を買ってきてください」と言っていました。

――それで香水を買ってプレゼントしたんですか。どんな反応を見せましたか。

喜んでよく使いますよ。もともと北側の労働者たちに直接何かをあげるのは禁止されています。しかし私は仕事上彼らと接触することができる立場なので、そっと渡すことができたんです。あるとき、一人の女性労働者が子供を産みました。しっかりよく働くので可愛がっている人だったんですが、子供の服を買ってぐるぐる巻きにして、「これは見本だから持って行きなさい！」と言って渡したら、「ありがとうございます。着せてあげます」とちゃんとわかっていました。

――プレゼントを渡すのにも技術が必要なんですね。

プレゼントでなくても、何かをやり取りしようと思ったらそうしなければなりません。頼まれて化粧品を二、三回買ってあげたことがあります。そのときのお返しに朝鮮人参をもらったんですが、お互いトイレに物を置いていくやり方で渡しましたよ。「何番目のトイレに行って持って行って」というふうに。（笑）

――北朝鮮の女性たちも美に対する欲求が強いのですね。「南男北女」という言葉があるからか、韓国の男性の中には北朝鮮の女性の美貌について知りたがる人も多いです。

色白の顔が美人の条件なのか、大変白く化粧をしますね。二重まぶたの手術もたくさんします。二重まぶたの手術は国で無料でしてくれるそうですよ。そんなことと関係なく、本当に韓国の女性たちとは違う面があります。あちらでは「イェップダ〔かわいい・キレイ〕」という言葉の代わりに「コプタ」という表現をするんですが、顔もキレイだけれど、考えることや話すことが私の目には本当にキレイに見えました。本当に純朴で純粋です。あまりに純朴で、嘘を言うと目にそのまま現れるほどです。

――長く一緒にいるとがっかりしたこともあったのではないですか。

仕事をしていて問題が起きると韓国の労働者たちは非熟練工であっても責任感のある対応をするのですが、責任をもって仕事をする人はごく少数で、大部分は与えられたことしかしません。それに指示と違うことをしているのを見つけ、それを指摘すると、過ちを認めないでむしろ怒り出します。だからなのか、生産性はあまり変化がありません。

――その分野で専門性を培おうという動機が足りないからそうなのではないですか。

社会主義の特徴なのかもしれませんが、「私の仕事」だという責任感があまりないようです。がっかりすることは他にもあります。本当に信じていた人に裏切られたと感じたことがあります。私が何を言ってもよく聞いてくれ、信じてくれていた人でした。ところがある日私が言いもしないことを言ったと北側の幹部労働者に告げ口して、私を陥れたのです。あとでわかったのですが、そんなことが一度や二度ではありませんでした。どうしてそんなことをしたのかと問い詰めたら、自分の立場が危うくなったのでそうしたと言うんです。悲しかったですね。あの社会は問題が起きると個人に相当の負担がかかるらしいです。

――信じていた人に裏切られることは韓国社会でも珍しいことではないと思います。それ以外にもひょっとして韓国社会と似た姿をご覧になりませんでしたか。

あちらでも「後ろ盾」がある人は力があります。労働者たちの中でも、職場長が一番偉いんですが。家柄がいい労働者は職場長の言うことを聞きません。職場長も「あの人は私もコントロールできない」と自ら認めます。仲間同士勢力が分かれるのも似ていると思います。

それから男であれ女であれ、みんなバレーボールが好きで、暇さえあればやっています。零下十度でも裸足でやるくらいですから、バレーボールに対する情熱は半端ではありません。国家の記念日でもあれば何日間もトーナメント方式で試合をするのですが、審判が間違ったとか言って喧嘩することもあります。

――球技の種目はみんな好きですか。南側の柳賢振《リュヒョンジン》選手や秋信守《チュシンス》選手のことも知っていま

すか。

野球選手は知りません。労働者たちだけでなく、官僚も同じです。好きなのはサッカー、バスケット、バレーボールだけで、野球には関心がありません。

——では、サッカーで南北対決が繰り広げられるときは雰囲気はどうですか。

互いにどっちつかずですね。聞いた話ですが、北朝鮮が勝った試合だけ見せるという話もあります。

スポーツ中継の場合、前は録画中継が原則だったが、最近はほとんど生放送のレベルで放送する。最近の北側の社会のスポーツ、レジャーブームは大変広範囲に拡散しつつある。各種の国際大会参加や大会誘致などにも積極的である。先のアジア大会で北側は総合成績七位となったほどスポーツの分野で相当な成長を見せている。

こんな場所で女風情が？

——我々の目に北側の労働者たちが純粋に見えるとしたら、彼らの目には南側の人々はどう見えるのでしょうか。

一言で言えば、大変計算高くて利己的と見ています。徹底的に「ギブ・アンド・テイク」だというわけです。また、大層自己中心的で、他人に対する配慮がないとも言います。特に何事にも「金、金」と言って、とても「ケチだ」と言います。それでも少しずつ「金」に目を開いていく感じはあります。はじめは成果報酬を受け取らなかったんですが、今は成果報酬を個人ごとに差をつけて支給してくれと要求したりするほどです。

韓国の女性たちの服装や行動については良くないと思っているようです。化粧が濃すぎるし、女性らしくなく、男性に対する言葉遣いも荒いと思っているようです。

――「男尊女卑」の観念がまだ根強いのですね。

女は無条件に下に見るというふうですね。まず女性は男性の言うことに口出ししてはいけません。もしも女性がそうしたら、男性は悪口を言ったり、殴ったりします。

――そんな雰囲気ならば、女性の管理者の指示に男性の労働者たちが素直に従うようには思えないんですが。

はじめは「こんな場所で女風情が！」などと言われたりもしました。「お前自分が何様だと思って俺に指示をするのか」というわけです。そう言われるとますます付け回して指示を繰り返しました。殴りかかったりこそしませんでしたが、殺伐とした戦いでした。職場長と法人代表が止めるまで言い争いをしましたよ。私に疲れたのか、のちに私の言葉に同意してくれました。わざと男の中でも最も強い人を狙い撃ちしました。彼が私の言うことを聞いたので、他の人たちもみんな解決しましたよ。

――一方ではまた新しい女性像に好奇心を持ったりもしたと思いますが。

中間管理職の中に女性があまりいなかったので、私に対してずいぶん好奇心を持っていました。未婚で若いといっそう無視されると思って、最初は既婚者のふりをしていたのですが、結局未婚だということがバレました。

――それだけ彼らも南側の駐在員たちに関心があったということですね。ひょっとして開城工団での勤務の居心地が悪くて、やめようと思ったことはありませんか。

ないわけがないですよ。五年の間に辞表を五回出しました。最初の一年は適応するのと労働者たちを教えるのに忙殺されていました。二年目になると、労働者たちの技術がだいぶ向上して、三年目になった年に頂点に達して頭打ちになりました。もう我々がいなくても自分たちだけでできるだろうというわけですよ。だから一言言うときにも彼らの表情をうかがうようになり、失言でもして会社に被害でも与えたらどうしようと思って、一瞬も気が抜けず疲れました。

朝、目を開けると、今日はまたどんな問題が起きるだろうか、どう解決しようか、そんな悩みで頭が痛かったです。
実は彼らは初期には我々のことをとても怖がりました。頭ごなしに叱りつけると、どうしていいかわからずおろおろするので、怒るのが面白いときもあったんです。けれども今は黙っていないで言い返して来ます。行動で表すこともありますし。

——行動で表すとは？　もしかしてストライキでもするのですか。

それと似たようなことがありました。二年目になる年に、生産ラインが全部止まりました。現場で何か間違いをしでかしたのを見て声を荒げたら、負けじと言い返すのです。私が怒りに任せて「ラインを止めろ！」と言ったら、本当にラインを止めてしまいました。どうしたんだという聞く職場長に一部始終を説明していて、また互いに声を荒げてしまいました。結局法人代表が割って入って職場長との間で解決を見た後にやっとラインが回り始めました。こんなことは、実は開城工団では誰でも一度くらいは経験することです。

——かなり深刻な事態だったようですね。

私が彼らの自尊心を傷つける言葉を言ったんです。彼らは機会さえあれば徹夜勤務や延長勤務をしたがります。手当も出るし、チョコパイもくれるからです。しかし私が何か言った後に「徹夜しないで！　チョコパイをくれるからしようとするの？」と言ったんですが、その言葉に自尊心が傷ついたのです。そのときから徹夜はせずに延長勤務だけして帰ってしまうようになりました。そして私が何か言うと必ず口答えして私の言うことを聞かなくなりました。その状態が長く続きました。法人代表も自分が解決できる問題ではないと言って、助けてくれませんでした。私は私なりに自尊心がひどく傷ついて、もう到底ダメだと思って辞表を出し、それが本社にまで報告されたんです。

――北側ではチョコパイの人気が本当にそんなにすごいんですか。

今は支給しませんが、相当人気があります。ほとんどお金のように扱います。市場で売ることができる貴重な物ですよ。最初はチョコパイを現場で食べる姿を見ることができませんでした。子供たちにやったり、市場で売るために持って帰るんです。現場で食べるようになったのは、かなり経ってからです。最初は、私たちがお腹すいたと言ってもくれなかったのが、三年目になると一つくれるようになりました。あるとき、一人でチョコパイを一抱えも持っていくので、どうしたのかと聞くと、講《こう》でもするように、順番に一人に全部やるんだそうです。お金のようなものだと考えているのです。

――チョコパイは一人当たり何個ぐらい支給されるのですか。

一人当たりひと月に百個くらい受け取っていきました。開城工団に納品するチョコパイは特別に作ると聞きました。私はもともと好きではなかったのですが、彼らがあまりにも好んでよく食べるので、何回か一緒に食べてみました。

熱いお湯に溶かして食べるようすを見たことがあって、試しにやってみたのですが、思ったよりもなかなかの味でした。腹持ちもいいし。これだから食べるんだなと思いましたよ。

二〇一五年からはチョコパイが支給されていない。総局ではチョコパイだけでなく、労働保護物資として供給されるラーメン、コーヒーなどの各種の食べ物を政策的に支給できないようにしている。

――チョコパイ以外に彼らが好きな食品にはどんなものがありますか。

コーヒーミックスの反応が熱いですね。やっとコーヒーの味を知ったと言うか。コーヒーは中毒性があるじゃないですか。最初は大きなやかんに溶かして分けてあげていたのですが、のちにコーヒーミックスをあげるようになりました。笑えないハプニングも少しありましたよ。袋から口の中に入れて水を飲む人もいたし、ある人は子供が袋を破いて粉を食べ、一晩中眠れずに泣いたと言っていました。

ちょっと聞いた話ですが、コーヒーを非常薬の代用としても活用するらしいです。北朝鮮では燃料として石炭をたくさん使うのですが、ガス中毒のようなことになってめまいがして吐きそうなときに、コーヒーを飲めば良くなるそうなんです。カフェインの覚醒効果のせいだと思います。

ソーセージも大変好きです。チョコパイを減らして、ソーセージをもっとくれと要求することもありますよ。会社ごとに支給する間食が違うので、友だち同士で自分の会社でもらってきた間食を互いに交換して味見をし、「我々にもこれをくれ」と要求することもあるんです。一時、はと麦茶、生姜茶などが市場で人気があったこともあるそうです。

男であれ女であれ一緒に楽しむという下ネタ

――下着製品を見ると、飾りのついた派手なデザインが主流なのですが、北側の労働者たちは最初どのような反応を見せたか気になりますね。

あちらでは、ブラジャーを「胸帯」パンティを「パンツ」と言います。最初は「何でこんなに種類が多いんですか」「これを皆着て捨てるのですか」「どうしてほどくのも難しいものを着るんですか」などなど質問がたくさん来ました。

メッシュ素材の下着を見て、「丸見えです。ぞっとします」「一体誰に見せようとしてこんなものを着るんですか」と言ってました。

——未婚の女性管理者として、ちょっと困惑したでしょうね。

私はそう言われるたびに、慌てないで言い返しました。男性たちが下ネタを言うときもあるんですから。最初は困惑して顔が赤くなったのですが、そうするとさらにそれを言い続けるというので、そのあとは言い返したんです。そうしたら、「ふうん！」と言いました。一緒に笑ってしまいましたよ。

——韓国だったら、職場内でのセクシャルハラスメントで問題になるケースですが。

北朝鮮は下ネタが日常化しています。男であれ女であれ、性に関する冗談をよく言うようです。最初は私もびっくりしました。若い女性たちもはばからずに言うのです。あるとき仕事中に居眠りをしている女性労働者に、居眠りをするなんて、夜一体何をしていたのかと何も考えずに聞いたのですが、「夜戦闘的にしました」と真面目に答えたので慌ててしまいました。冗談ではなく本当の話だったんです。

——だからといって、性的に解放されている社会でもないですよね。

性倫理はおそらく韓国社会の一九七〇〜八〇年代くらいだろうと思います。趣味やレジャーが他にないので、下ネタが発達したのではないかと私たちの仲間内で推測したりしました。下ネタの話ばかりよくするのではなくて、冗談や言葉遊び自体が好きで、また上手です。

——そうですか？　北朝鮮の住民たちが冗談を楽しむというのは、想像もできなかったことですが。

「口達者」とでも言いましょうか。大部分弁が立ち、言葉の応酬をするのに長けています。だから口喧嘩をすると南側の人々は勝てないんですよ。理由はわかりませんが、大部分の北朝鮮の労働者たちは話が上手で面白く受け答えする能力があります。

——男女が一緒に仕事をしていると一種の「社内恋愛」が成立したりもすると思うのですが。

彼らは「恋愛をやらかす」と表現するんですが、通勤途中で見初め合う場合が多いと言います。男性が女性を自転車に乗せていく姿をときどき見ることもありました。あるとき私がある労働者に「あなたもう結婚適齢期じゃない？」と聞いてみたら、「恋人います」と答えましたよ。

ところで北側の女性には南側の男性陣がカッコよく見えると言います。いつだったか、韓国の芸能雑誌を見せてあげたことがあるのですが、「本当にこんなにハンサムなんですか」と言ってびっくりするんです。統一されたら南側の男性と結婚したいという人もいましたよ。

――彼らが結婚をしたり身内の不幸にあったりするなどの冠婚葬祭のときはどのようにしますか。

結婚する場合は普通「個人の事情」だと言って休暇を取るのですが、組員たちを通して知ることになります。休暇を終えた後、出勤したら「結婚したんだって？　おめでとう。お幸せに」と声をかけます。出産のときも五か月の休暇を与えるのですが、そんなときも似たようなものです。両親が亡くなった場合は静かに抱きしめて、大変だったね、しっかりお見送りしたかと声をかけたことがあります。そうしていると一緒に目頭が赤くなったりしてきます。

――それだけ人間的に近づいたという意味でしょうね。

男性たちと業務の指示の問題で本当にたくさん喧嘩したんですが、今は彼らがポン菓子を食べているときに、「私にも少しちょうだい」と言うとポケットから出してくれます。このようにやり取りすること自体が変化です。でもそのポケットの中があまりにも汚くて、最初は本当に食べるのが嫌でした。だからと言って受け取らないわけにはいかないじゃないですか。女性たちも作業していた手で飴やお餅をくれるのですが、その度に困ってしまいます。だからと言って断れば傷つくでしょうから、目をつぶって食べてしまいました。

いつだったか、彼らが持ってきた餃子を食べたことがあります。そのときも本当に食べるのをためらいました。アイロン台の下で隠れて食べたのですが、本当に美味しかったです。豆腐を圧縮して作った人造肉を入れて作ったそうですが、もちもちした味で本当に肉かと思いました。

今だから言うのですが、はじめて開城に行ったときは、臭いのせいで本当に気が狂いそうでした。北朝鮮には石鹸や洗剤がなく、洗濯をしてもただ水につけたり出したりするだけです。それにヘビースモーカーが多いので、タバコの臭いまで加わって、本当にひどいんです。お湯も出ないし洗剤もないから、いくら洗ってゆすいでも限界があります。けれどもそれは彼らに衛生観念が足りないからではなくて、条件が整わないために生じる問題なので、理解して適応しました。

統一したら家に連れて行って、思う存分食べさせてあげたいです。

——生活環境が劣悪なのは事実なんですね。食生活はどうですか。

お昼は我々とは別に食べるんですが、労働者食堂はドアを締め切っているので、見ることができません。ちょうど我々の宿舎から隣の会社の食堂が見下ろせるのですが、お茶碗が全部同じなのを見ると配給を受けているようです。おかずは各自が家から持ってくるようですが、ナムルや塩漬けの類が多いです。たまに小魚炒めを持ってくる人もいますが、家によって生活水準の違いがあるのでしょう。

――ではたんぱく質はどのように摂取するのですか。

たんぱく質は食用油で補充していました。どんなスープでもすべて入れます。甚だしくはインスタントラーメンを作る時にも必ず大豆油を入れます。彼らがインスタントラーメンをはじめて食べたときには、体が油っ気を受け付けなくて、たくさん下痢をしたと言います。正直言って統一について特に考えたことはないんですが、彼らが食べることに敏感に立ち回るようすを見れば、統一された後、家に連れてきて思う存分食べさせてやりたいという思いもします。

――思い切り食べさせてあげたいという気持ちが少しわかる気がしますね。北側の労働者たちと、統一について話したことがありますか。彼らは統一にどんな考えを持っていましたか。

早く統一されなければならないと言います。早く統一して米軍を追い出さなければならないと。このように出入りが自由にできないのも、統一すれば解決されると。南北間に何か問題が起きれば、「あなたも行って何かしなければならないんじゃないか」というのですが、そんなときは「私は政治はわからない。早く統一されなければならないと思うが、各自が自分がすべきことをするのが結局統一に向かう道なのではないだろうか」と答えます。

――南北間に緊張が生まれるようなニュースが流れるときは、どんな雰囲気ですか。

現場では全く動揺がありません。平常時のように動きます。けれども、職場長や総務など幹部の労働者たちはときどき状況を聞いてきたりします。そういうときは「私たちにはわからないことだ。私たちはたくさん生産さえできればいい」と答えています。

――危機的なとき全然動揺なさらなかったのですか。

はい、五年間一度もそんなことはありません。ただ自分の仕事に一生懸命でした。こんなことはありましたよ。彼らが韓国の大統領の悪口を言うので、「じゃあ、こちらもお前の大統領の悪口を言おうか?」と言ったら、すぐに黙ってしまいました。それから私たちはよく「○○を知らなければスパイ」とか言うじゃないですか。私が何気なくそんなことを言ったら「スパイ? 私たちもそういう言葉使いますよ」と言うのでとても慌てました。

そうだ、彼らも「パルゲンイ〔赤〕」という言葉を使うこと、知ってますか。作業中に突然だれかが「おい！　おまえらパルゲンイみたいなことするんじゃない！」と言うんですよ。どれほど衝撃を受けたかわかりません。「パルゲンイ」はだれを指す言葉なのかと聞いたら、答えずにただ笑っていました。

――二〇一三年に開城工団の稼働が六か月間中断したときはどうでしたか。

あのときは正直ちょっと緊張しました。北側の労働者たちは出勤していなかったし、南側の駐在員たちも女性たちは先にみな外に出てしまいましたから。

私は何よりも北側の労働者たちとあいさつもできずに別れたのが残念でなりませんでした。あれが最後の出勤になるなんてだれも知らなかったのですから。退社するときいつも顔を見ながら挨拶したんですが、あの日は事務室で電話していて挨拶ができなかったんです。それでも工団がまた再開するだろうという信念はありました。

――そのように突然生き別れになって、また再会したときは本当にうれしかったでしょうね。

本当に親しくしていた労働者たちが少なくなかったんです。私が「オンニ〔姉さん〕」と呼んでいた職員たちも少しいました。その人たちに工団はきっと再開するから、労働者たちをよくなだめて待っていてくれと伝えたかったのに……。中途で設備の点検をするために入ったとき、その人たちの一人に会ったのですが、会いたかったと言いながら抱きついてひとしきり泣いていました。

見ると痩せこけてずいぶん肌も荒れていました。気苦労が多くてそうなったのかと聞くと、そうだと言うのですが、その間の集団勤労が辛くてそうなったのだと思います。普通、特別勤務がない週末には、集団勤労などに動員されるのですが、月曜日に会うと頬の肉がこけていたりしたんです。

——抱きついて泣いたというその感情は同胞愛とか民族愛みたいなものでしょうか。

はい、そうです。同胞愛を感じたのは確かです。開城工団に行く前には全くわからなかったし、予想もできなかった感情でした。あちらでもそのような感情を同じように感じたんですよ。

——開城工団が南と北の両方に大きな変化をもたらしたのですね。

そうです。特に北側の労働者たちは南側の企業が進出してから生活環境や衛生状態が良くなりました。二〇一三年九月に開城工団が再開したとき、労働者たちが「もう二度と閉鎖しないですよね？」「二度とこんなこと起きないですよね？」「業者はまた注文してくれると言っていますか？」と聞いたりしていました。これが彼らの本音なんです。開城工団が続くことを望んでいるんですよ。

——韓国社会の一角には開城工団が北側ばかり得する事業だと言って否定的に見る向きもありますが、どう思われますか。

それは違います。むしろ利益は韓国のほうが大きいですよ。経費を計算しても企業の立場での利益は少なくありません。開城工団に入居する前には国内の加工請負業者の要求通りに単価を上げなければならなかったのですが、今はそのような問題が解決したからです。経済的な面を見てもそうだし、南側と北側の人々が接触して互いの理解の幅を広げていくこともそうだし、開城工団は必ず必要な場所です。今後もっと活性化したらいいのにと思います。

●取材後――

「統一」という問題に無関心であったというこの課長は、「開城工団での滞在」を通してはじめて立場の整理ができたそうで、「ともかく南北の（突然の）統一は望まない」というのが結論だと言う。今統一を論じるには、南北がおかれた現実があまりにも殺伐としているのは事実だ。南北の異質化がさらに深刻になりつつある状況で、統一という言葉自体があまりにも唐突に聞こえるのである。統一のための準備はつまるところ韓国社会をもう少し正常な社会にしていくことからはじめなければならないのではないだろうか。

正常な社会と言っても特別なものではない。ただ「法にしたがって」動いている社会である。憲法の精神に忠実に運営される社会である。誠実に生きる人が無念な思いをすることがない社会である。いや、少なくとも、子供たち数百人を生きたまま水葬させる社会、真相究明を要求する両親たちに催涙水鉄砲を浴びせ、「従北」の轡《くつわ》をはめる社会、国民が知ることを軽視する輩たちが選挙のたびごとに圧勝するような社会でなければいいと思う。そうなってはじめて、いつの日か突然統一がやってきたとき、そのとてつもない衝撃波を受け止められるだろうから……。

イ課長が恐れた統一は、南と北が受け止めきれない統一であった。つまるところ、韓国社会の正常化が統一のカギなのである。

7

考え方を変えるのはお金でもできないことなのに、開城工団が成し遂げつつあるではないですか。

――イスヒョンチーム長

（取材　カンスンファン）

イスヒョンチーム長とインタビューの約束をして、グーグル地図で開城《ケソン》工団を探してみた。都羅山《トラサン》駅から開城工団までの距離と、開城工団から開城市までの距離はだいたい同じだ。二つの道には建物が少なく、大部分が山と野原である。地図を詳しく見ると、南側と北側は少し違う。夏に写した衛星画像だが、南側は濃い緑色なのに対し、北側は薄緑を帯びている。イチーム長と話をしていて、なぜそうなのか理由を知ることができた。二十代で開城工団にはじめて出勤して最も印象深かったのがまさにこの北側の禿山だったと言う。

青々とした山が続いて突然禿山が現れると、北側に来たという実感がわいて緊張したというイチーム長。彼を通して北側の労働者たちが大きく変化しつつあることを知ることになった。

――会社の紹介をお願いしましょうか。

南側にあるP産業の子会社で、化粧品の容器を生産して数百か所の業者に納品しています。大部分OEM（納入先商標による受託製造方式）です。

――いつから開城工団で働いていらっしゃいますか。

二〇〇五年に入って二〇一一年末に出てきたので、満六年くらい勤務しました。今は本社勤務です。

――二〇〇五年ならば、開城工団の草創期ではないですか。

最初は工団のモデル団地に十五の業者がいたのですが、そのときから勤務しています。工場だけがまばらにあって、道路もなく、舗装していない道路も走りました。上下水道の施設はもちろん、まともなインフラが整っていなくていろいろと環境が良くない時期でした。

――開城工団にいらっしゃった動機は何でしょうか。

私は開城工団自体を見て志願しました。志願する前に、開城工団に関する資料をたくさん見て、勉強もたくさんしました。開城工団のビジョンがなかなかいいように思って、他の会社で働いていたのを退職して志願しました。入社してから何か月か後に開城に行きました。

──開城工団にいらしたのはお若いときでしたが、結婚はなさっていたのでしょうか。

はい、二十八歳のとき結婚をしたのですが、開城に行ったのは、二十九歳のときでした。二十歳のときから恋愛して、結婚する前から妻の実家で一緒に暮らしていたので、妻と少し離れていても大丈夫でした。

──でも若くて新婚だったのに、奥さんは心配したでしょう。

それで開城工団に近い坡州《パジュ》市に引っ越したんです。一泊二日で通いましたよ。一週間に三日は開城で寝て、四日は家で寝ました。私が開城から出てくる火曜日、木曜日、土曜日には北側の労働者たちが私に適当に早く帰りなさいと言いました。最後の出境時間は五時なので、開城工団から出て家に着いたら五時四十分です。それから子供たちと遊んでやって、妻と買い物もします。ところが本社勤務の今は、家に早く帰っても八時半で、九時や十時に退社することもあります。週末にも出勤する日があって、家族と過ごす時間はもっと減りました。だからむしろ妻は本社勤めが好きではありません。

時間が経って、互いを信じられるようになるまで

――開城のビジョンを見て選択なさったわけですが、周りの人は何と言いましたか。

その当時は開城工団について特に心配はしませんでした。北朝鮮に対する警戒心、拒否感があるくらいです。そのときはマスコミも好意的な報道でした。ある人は「お前、不思議なところに行くな」と言い、好奇心に満ちた目で見たりもしました。でも今は危険だと見ているようです。実際は東南アジアのような場所の方が治安的にはもっと危険で、開城工団は安全です。

――最初は不思議がって、好奇心で見ていたのに今は危険だと考えているのですね。

私が開城工団に行き来する間、いろいろな事件がありました。盧武鉉《ノムヒョン》政権のときは、核実験もありましたが、それほど動揺しませんでした。マスコミもそうでしたし、周りも似たようなものでした。マスコミが大きく騒がないので、両親も特に心配しませんでした。ところが政府が変わってから天安艦《チョナナム》、延坪島《ヨンピョンド》の事件が起きたら心配しました。

私がはじめて開城工団に行ったときと今は雰囲気がずいぶん違います。初期には採用広告を出すと応募者がたくさんいたのですが、今は全然いません。南北の対立が深まってそれだけ危険だと感じるのでしょう。

――北側の労働者たちの第一印象はどうでしたか。

開城工団に行くとき、山に木が見えなくなると北朝鮮であることを知ります。あそこは禿山なんです。最初は南北の労働者皆が互いに警戒しました。第一印象は良くありませんでした。背が低い、痩せている、黒い、喋らない、程度の印象でした。北側の人々の第一印象が良かったと言う人は多分いないと思います。

開城工団に入るとき、いろいろな手続きがありますが、初期にはもう一つ段階を踏まなければなりませんでした。今は通行検査と税関がありますが、そのときは軍人もいました。顔もどす黒くて、とても厳格に通行検査をしたんです。彼らが車を検査するときには、ドアが壊れそうなくらいの扱い方をします。みんなが驚くのはそのときからです。

――二〇〇五年と比較すると今は開城工団での日課や生活も変わったでしょうね。

相当変わりました。福祉施設もずいぶん増えましたし、不便さをほとんど感じないくらいに変わりました。我が社は初期には従業員四百名くらいで始めたのですが、現在は八百名くらいです。その間作業量もずいぶん増えました。会社の工程が複雑だからか、初期には不良品もたくさん出ましたが、今はずいぶん改善されましたよ。

――ずいぶん改善されたとすると、南側にある業者と比較した場合どうですか。

なにせ精密な作業なので、初期には不良品率が七十パーセントにまでなりました。化粧品容器の作業は非常に面倒なのです。そうやって一年ほど苦労してから、だんだん良くなりました。三年くらい経つと、生産力が八十〜八十五パーセントまで上がり、四〜五年くらい経つと九十〜九十五パーセントまで上がりました。南側とほとんど同じくらいにまでなりました。いい加減なところがあちらは社会主義なので一生懸命働いてもインセンティブがありません。いい加減に仕事をしても、我々に人事権がないために制裁できないのです。それだから仕事ができない人ができる人に合わせるのではなく、できる人ができない人に合わせるようになります。

こんな状態が続くと生産が落ちる場合が出てきます。我々が望む生産力に到達しようとすれば、人員を補充するしかありません。一つのラインに南側では十二名が必要だとすれば、開城では十五名を入れるというふうにです。そうやって生産性を百パーセントに合わせています。

「市場」の認定、そして趣向の発見

――北側の労働者たちが工場にはじめて来たときどうだったのか気になります。

北朝鮮でも、知っている人がいれば頼んで自分が望むところに行くことができるらしいです。

開城には時計を作る会社もあるし、靴や服を作る会社もあります。我々の工場は化粧品の「容器」を作る場所なんですが、みんな「化粧品」だと思って来たらしくて、失望したようすで、「なんだこれは、ただの工場じゃないか」と言っていました。

――これまで北側の労働者たちと仕事しながら、多くの変化があったでしょうね。

最初は開城がすべて真っ黒に見えました。顔もそうだし、服もそうだし、色などほとんど見えません。女も男も同じでした。ところが今は顔が白っぽくなりました。朝早く出勤して夜退社するまで、建物の中で仕事をするので日光に当たる時間が少ないからです。服装もずいぶん変わりました。男性は服の種類がいくつもありませんが、女性たちは全職員がみんな違う服を着ているくらいおしゃれしています。最近北朝鮮が公式的に「市場」を認めたのですが、そのタイミングが開城工団の始まりと一致しているようです。

北側の人々はエネルギー事情のせいで、家にいるときお湯で思う存分シャワーを浴びることができません。でも開城の企業にはすべてシャワー施設があります。我が社はシャワートイレまで設置しているし、職員にボディローション、シャンプー、石鹸などを提供しています。だからなのか、以前は工場で北側の人々だけに特有な匂いがしていたのですが、今は全くそんなことはありません。

――北側の女性たちの変化が大きいですね。南男北女〔東男に京女のような意味〕と言いますが、北側の女性たちは本当にきれいですか。

きれいな女性については、北側の人々と、南側の人々では見る目が違うようです。北側では、「イップダ〔キレイ・かわいい〕」と言わずに「コプタ〔細やかだ〕」と言います。会社に案内デスクがあります。案内接客員は会社の顔なので、できるだけきれいな人を選びたいと思いました。私とチーム長が北側と協議をしたのですが、生産部門にいるかわいらしい女性労働者を案内デスクに配置したいと言ったんです。実は生産部門から事務棟に移すのは易しいことではありません。我々は「このような場所には美人がいなければならない」と言ったのですが、北側の人々は〔該当する女性を見て〕「どこが美人なんだ」というのです。見る目が違うのです。彼らは南側の美人を見ても、「化粧も濃いし、何だあれ？」とけなします。

――事務棟で働く北側の労働者たちの話をちょっとしてください。

事務棟の職員は美化員八名をはじめとして、食堂、総務、人事、交換員など三十三名います。初期に事務棟に来た北側の労働者たちは、パソコンをはじめて扱うようでした。それで一日中パソコンの教育をしました。二年程度で打ち込みからエクセル、会計プログラムまで教育して、礼節教育もしたし、掃除することまでいちいちみんな教えました。北側の労働者たちは何でも非常に細かく、きっちり教えなければ覚えません。いい加減にやっているとほとんど理解できません。彼らの基準では、韓国社会の職場生活のほとんどすべてが馴染みのない、見慣れないものなので、とても細かく教えなければなりません。我々の基準で「この程度なら当然知っているだろう」と考えたら、ほとんど誤算です。明確にしなければなりません。

――価値観や考え方が違うため、管理者として楽ではなかったと思います。

彼らは正確にこうしろと言われたことだけやります。あるとき、庭のごみを片付けろと言ったら、片付けたと言うのです。あちこちに吸い殻がたくさん落ちているのに、そう言うんですよ。美化班長を呼んで、どうして掃除ができていないのかと聞くと、掃除はし終わりました、と言うので、まだたくさん吸い殻が落ちている、と言ったら、自分はごみを片付けろとは言われたが、タバコの吸い殻を片付けろと言われたわけではないじゃないか、と言うんですよ。そんな感じです。業務について本当に確実に明確に指示しなければなりません。言葉で指示したことだけやるのですから。社会主義の労働はそういうものらしいです。

――北側の人々も室内を掃除するとき掃除機を使いますか。

もちろん使います。けれども、掃除機は開城工団ではじめて見たと言っていました。ピンセットやクリップもはじめて見たそうです。甚だしくは「白い紙」もはじめて見たと言うのです。彼らは黄色いわら半紙を使っていました。

——その他にも、物資の不足から起きる事例もあると思います。

厨房で燃料としてガスを使うので、工場ごとにLPGタンクがあります。開城工団には都市ガスが入っていないんです。他の工場であったことですが、北側の労働者たちが空のブタンガス容器にLPGタンクから充填していて爆発した事故がありました。全体的にエネルギーと物資が不足しているのでそれに似たことがちょくちょく起こります。

——業務以外に北側の人々と接触する機会は全然ないのですか。

はい、そうです。ときどき生産性が上がって一生懸命やる雰囲気ならばお菓子やパン、飲み物などを用意して一緒に食べたりすることはあります。そうすると、だいたいありがとうと言って、お返しにサツマイモを蒸したのや、リンゴを持って来たりします。でも北側の方がくれるリンゴはずいぶん小さかったです。いつだったか、あるとき誰かが飴をくれたのですが、まるで砂糖の塊を溶かしたもののようでした。くれた人の気持ちを考えて、一、二個食べはしました。子供たちにあげるものを持ってきてくれたのかと思うと、その気持ちは本当にありがたかったです。

開城の状況が悪いときだけ記事にする韓国内のマスコミ

――南側の人々と北側の人々が親しくなれるような気もするのですが、どうですか。

はい、あそこも人が住んでいるところなんですから、好感を持ったり、情が移る人がいないわけがないでしょう。けれども互いに気をつけますよ。南北関係が悪くなったからそうするという側面もありました。北側の集団主義はとても強固だと思います。まるで網の目のように隙間なく編まれているとでも言いましょうか。だから打ち解けて話す人はあまりいませんでした。いい関係であればあるほど、むしろもっと気をつけなければならない、残念な関係でした。

――開城で会社がさらに成長できるという希望は見えましたか。

我が社はアイテムの選択がうまくいったと思います。景気が悪くなればなるほど女性たちは厚化粧をするという言葉に共感します。暮らし向きが悪くなっても化粧はしますから。業種自体が景気に左右されないと思います。

ベトナムや中国にある会社に比べて、生産単価を二十〜三十パーセント低くすることができました。製品が出来上がるのも中国やベトナムは二、三か月、下手すると五か月もかかるんですが、開城だと二週間で上がります。RFID〔電子タグ〕になればソウルから開城工団まで一時間二十分くらいで行けます。他の会社の場合、物流費が生産単価の十パーセント以上になりますが、我々は百分の一にもならないほど低いんです。いろいろな面で競争力があります。

営業も楽になりました。開城工団に入る前までは、営業するのに忙しかったんですが、開城工団に入居してから一、二年経つと営業部が外部に出て行くことがなくなりました。むしろあれこれ作ってくれと向こうからやってきます。外部に出ていれば、どうかちょっと会ってくださいと頼み込んできたりもします。すべて開城工団の競争力の賜物です。

——二〇一三年に六か月間稼働が中断しましたが、打撃はどの程度でしたか。

大きな打撃を受けました。注文を受けた納期を守らなければならなかったからです。外注業者に注文して耐え忍んだんですが、原価からずいぶん違いが出ました。開城で作らないと利益が残らないのに、外注業者で生産するので大きな損害が出たのです。それでもよく守ったと思います。

開城は諦めることができない場所です。一つしか残っていない紐を放すことはできませんよ。開城にある会社の大部分は開城工団がなければ会社を畳まなければなりません。六か月間の稼働中断当時、大部分の会社は南側の駐在員たちに無給休暇を与えたり、解雇したりしました。解雇しないで賃金をすべて支払った会社はいくつもありません。我が社がその一つです。我が社は有給休暇を出しました。

――代表はご立派ですね。それでも社員たちは不安がりませんでしたか。

当時の駐在員は三十名だったんですが、彼らは七~八年間開城工団にいた方々なので、心は穏やかではなくても、何か転換期を迎えたのだと思います。駐在員たちは普通二週間に一回外に出てきます。最初は二十四回くらい家族に会えば、一年が過ぎます。実際、大変疲れている時期だったのですが、家族と一緒に過ごせばいろいろなことを考えるし、過去を振り返る契機にもなったようです。あのとき会社の代表が「もしも開城工団が閉鎖されたら、会社を設立して社員を採用して運営しろ。支援してやる」と言いました。どうせ我々は外注業者を探さなければならないのだから、どうせなら我々の製品をよく知っている我が社の社員がやる外注業社だったら一緒に仕事をし易いじゃないですか。

――損害を被った企業は政府に補償を要求したと聞いたのですが、どうでしたか。マスコミの報道も正確ではなかったと言いますが。

補償はゼロでした。マスコミは自分たちが書きたい内容だけ選んで記事にしているようです。たまに知人に会うと、みんな開城工団はずいぶん昔に閉鎖されたと思っています。開城の状況が悪くなると、マスコミはこぞって記事にしますが、良くなると書きません。韓国のマスコミはそんなもんです。事実関係の確認を全くしないのか、知っていてもただデタラメに書いているのか、ともかく実際の状況とはずいぶん違う誤報が全体的に少なくありませんでした。

開城工団事業が「貢ぎ」ではない理由

――開城の北側の労働者たちを通して北側の社会が変化するようすが見えるのでしょうか。

はい、少なからず変化があります。考え方もずいぶん変わりました。体はまだだが、頭は変わりつつあると思います。我々がいい暮らしをしているのも知り、内心羨ましそうでもあり、我々が嘘をついているのではないということもわかってきたようです。我々のいろいろな面について好奇心があります。あからさまに表現はしないけれども、我々が享受しているいろいろなことを好意的に見ているようです。

――業務の指揮系統上、北側の労働者たちに直接指示をすることができないとか。

できる限り現場の労働者と直接話さずに作業班長や総務、従業員代表などを通じて業務指示をしろと言われます。南北関係が行き詰まってから、開城工団の南と北の労働者たちの関係もずいぶん難しくなったと思えばいいです。いろいろな面で自然に振る舞うことができません。

――開城で働きながら感じたことを短く表現してください。

開城工団で働きながら「北朝鮮に貢いだ」という言葉をたくさん聞きました。適切ではないと思います。開城の企業は南側ではやっていけなくて開城に行ったのです。でなければ中国やベトナムに行ったことでしょう。お金をやりはしましたが、ただでやったのではありません。どうせ支払わなければならない賃金なのだから中国やベトナムの人々にやるのか、開城の人々にやるのか、その違いです。

開城工団が人々をかなり変えたと思います。これは金を出しても変えられるものではありませんよ。五万人を超える労働者たちがいて、その家族と南側の駐在員たちまで合わせれば相当な人員が開城工団で生活を維持しています。自然に互いに学びながら変わっていくのだと思います。開城工団のようなものが十個できれば、ものすごく変わることでしょう。開城工団が南北の平和と統一のための礎石を作っていると思います。

――もしかして開城に行く前と比べて、統一に対する考えが変わりましたか。

開城工団に行く前には、統一について深く考えませんでした。でも今はいろいろ考えます。統一はいろいろなことが複合的に合わさらなければなりません。統一は彼らの経済水準と社会、文化的な側面を引き上げて、相互がある程度の同質性をもったとき自然になされると考えます。彼らも言葉では表現できないが変わりつつありますよ。南側の人々とたくさん接する人たちが、これまでの警戒心や対立意識を捨てて、一つの民族、一つの同胞であることを悟りつつあります。このような変化が増えれば増えるほど、社会の雰囲気が変わって自然に統一もできるようになるのではないだろうかと思います。

●取材後――

袖なしTシャツに半ズボンをはいて、手にはスマートフォンを持ち、イヤフォンを耳にはめたまま出勤する北側の労働者たちを想像してみる。彼がコンビニで足を組んで座り、アメリカンコーヒーを飲んでいる姿を想像してみる。そんなときが来ない理由はない。ただ、時間はかかるだろう。

このチーム長は北側の労働者たちの服装から変化を感じ始めた。特に女性たちはすべての労働者が異なる服を着るほど変化が大きいと言う。これはそれだけかなり物質的に良くなっているという証拠であろう。変化は肯定的な物質的変化から始まる。

8 むしろあなたを信じます、誰も信じられません。

——ナムヨンジュン次長

（取材　キムセラ）

公企業に勤務していたナムヨンジュン次長は、開城《ケソン》工団着工当時から二〇一四年まで十年余り工団の業務に従事した。彼は話を始めるにあたって「開城工団が国民に間違って認識されたり変に利用されたりすることを望まない」と言った。そのような願いがインタビューに応じた背景にあったのだろう。

「変に利用されること」とは何を意味するのか、あえて聞かなかった。開城工団に滞在した初期から書き溜めた日記を本にすることも考えたというナムヨンジュン次長。彼が開城で過ごした「愛憎の十年」を一緒に振り返ってみよう。

——開城工団で主にどのような仕事を担当なさいましたか。

開城工団百万坪の造成作業を担当しました。北側と業務協議、連絡など対北交渉と北側の労働者たちの労務管理なども担当しました。

――開城工団に勤務することになったきっかけは？　発令されたのですか。

会社で志願者を公募しました。私は北朝鮮観がそれほど否定的でなかったし、未知の世界に対する好奇心がありました。「お金」という反対給付もありましたが、決めるのにあたってそれが大きな比重を占めたわけではありません。当時は競争率が五対一だったのですが、面接試験などを経て選抜されました。

――なぜご自分が選抜されたとお考えですか。

私を北側の人々と円満にやっていける人間だと思ったようです。対人関係は悪くない方です。公企業なので仕事の成果に劣らず仕事を円滑に処理する力量も重要です。国外の勤務をするためには同僚の職員たちだけでなく、事業のパートナーともうまくやっていかなければなりません。北側の人々と接触することなので、個々人の気質や素養がとても重要でした。

軍服を着た北側の女性に捕まる夢

――工団が造成されるときから勤務なさったわけですが、草創期の工団のようすはどうでしたか。

開城工団は二〇〇〇年八月に合意して十二月に二千万坪（工団八百万坪、後方都市千二百万坪）規模と確定しました。陸路を通って開城に直接行ったのは私が滞在したときからです。その前は平壌《ピョンヤン》を通って行ったんです。はじめて開城に行ってみると、全部で十キロメートルの開城工団の南北連絡道路の南側の区間五キロメートルは工事が終わったのに、北側の区間五キロメートルはまだ工事中でした。今は銀行、コンビニ、ビアホールまでありますが、そのときはそういった施設は何もありませんでした。だから草創期の何か月間かは北側の人々と一緒に生活するような感じでした。ご飯も構内食堂で一緒に食べたし、酒も一緒に飲みました。そうしたらもっと簡単に、もっと早く親しくなることができましたし。当時滞在して二か月で結膜炎にかかったのですが、北側の医者が来て治療してくれました。

――きれいに治りましたか。

はい、完全に治りました。私が目の炎症のせいで仕事ができないので、北側の人々が医者を連れてきたんです。そのときは工団に病院も、薬局もありませんでしたから、開城人民病院から医者が往診に来てくれました。平日だったので南側に来ることができなかったんです。

――ひょっとして北朝鮮の住民に対する先入観のようなものはなかったのでしょうか。

好奇心はありましたが、警戒心はありませんでした。北側の人々は我々を警戒するような目で見ました。最初の六か月くらいはそんな雰囲気の中で生活したような気がします。食堂で働く北側の女性たちが軍服を着て私を捕まえていく夢を見るほどだったんです。六か月くらいそのように探りを入れる時間を持った後は徐々に互いを理解して受け入れるようになりました。今も同様ですが、開城工団で一番大きな問題は北側も南側も互いに相手についてよく知らない状態で会っているということです。本やプリントで教育され習得した知識、すなわち至極断片的な知識だけをもって会うことになるということです。互いにあまりにも知らずに会うのです。十分な事前教育が必要です。

――北側の労働者たちは初期に比べてどんな変化がありましたか。

北側の労働者たちは「お金を稼ぐために来たのではなく、困っている南側の企業を助けようという将軍様（金正日《キムジョンイル》国防委員長）の意思にしたがって来たのだ」という言葉をしょっちゅう言っていました。困惑しましたね。そのとき労働者の月給は五十ドルだったんですが、それも、将軍様が困っている南側の企業に配慮して策定した額だと言うんです。

彼らは社会主義の経済教育を受けたので、「資本家は労働者を搾取する階級」だという固定観念を持っているようでした。けれども工団に来て仕事をしながら徐々に認識の変化が生まれてきているようでした。現在は労働者たちは毎月百三十ドルを受け取っていますが、そのお金があれば四人家族が食べて暮らすことができます。それから草創期には自己主張がかなり強かったです。彼らの体制と制度の優越性をずいぶん主張しました。しかし時間が経つにつれてそのようなことが減って、我々とともに生きる方法を学びましたよ。私も同様でしたし。

――そうでしたか。特に我々と違うと思ったのはどんな部分でしたか。

彼らの教育は本当に恐ろしいと思いました。幼いときから指導者たちの写真を見て「感謝する」と誓いながら育ったためか、忠誠心は本当にすごいと思いました。その反面我々が知っている普遍的な知識を知らないことが、とても多いようでした。甚だしくは、韓国の人口と北朝鮮の人口はそれぞれどれくらいか、全世界の人口はどれくらいか、主権国家はいくつあるかもよく知らないようでした。互いに学んだことが違うのでそうなるのだと思います。「我々の願いは統一」ということだけ知っていて、今すぐ食べて生きていくのに必要なことは知らないのです。

――それと反対に「同族感情」のようなものを感じたこともあるのでは？

もちろんです。やはりスポーツが媒介になります。政治・軍事的には対峙関係にあってもスポーツや文化の方では相対的に対話の余地があります。例えば、国際大会で北側の人々がメダルを取れば、我々はマスコミを通じて彼らよりも先に結果を知ることになるので、彼らを祝福してあげます。南側がうまく戦った場合も北側が祝ってくれますし。そんなことにおいては、互いに虚心坦懐に喜びを共有したと思います。

――スポーツ以外の政治や思想、体制についての話は禁忌だったでしょうね。

そうです。言ってはいけないことを言ってしまって、ひどい目にあった事例がちょっとありました。ある企業の管理者が冗談で「この乞食のような奴め！」と言って、労働者を冒涜する発言をしたとして追放されたことがあります。

――自尊心が強い北側の住民たちには耐え難い侮辱だったようですね。その管理者はどうしてよりによって「乞食」などという言葉を使ってことをこじらせたのでしょうか。

それと似たようなことが一年に一度はあったと思います。だから敏感な話ははじめから話題にもしません。何かの拍子にすることがあってもそれは北側の人が一人だけのときにします。北側の人が二人以上いれば、そのような話は即座に公論化されるシステムなんです。

――一人でいるときそのような話を聞く北側の人はどのような反応をするのですか。

聞いた後伏せてしまいます。彼らも「問題」になるのは望まないですから。呼びだされて経緯を説明しなければならないじゃないですか。

――延坪《ヨンピョンド》島事件や天安《チョナナム》艦事件などで南北関係がデリケートだった時期はどうでしたか。

北側の人々は工団にとって負担になるような話や南北対立を助長するような発言はしません。そして彼らは延坪島事件や天安艦事件を、南側が北側を刺激したせいで北側が止むを得ず制裁手段として防御的な次元でやったことだと認識しています。

物理的な統合に先立って、精神的な統合から

――北側の人々の中で親しくしていた人がいたと思うのですが、どのようにして親しくなったのですか。

人を見る目は皆同じではないでしょうか。一緒に過ごしながら、互いの人となりを判断するんです。相手を配慮する人、相手を裏切らない人だという評価が複合的に作用します。そんな友だちがいました。一緒に酒を飲み、あれこれ話もしましたよ。そいつは北側の体制や指導者に対する不満は全然ありませんでした。ただ、経済的な状況についての不満を打ち明けたりし

ました。アメリカの経済封鎖措置のせいで経済が困難に陥っていると。みんなそのように習うからそう思っているのです。

――北側の労働者が南側の駐在員に心の内を打ち明けるのは簡単なことではなかったと思いますが。

そうですよ。あちらの人々は恥ずかしがり屋で情も厚いのですが、これは本当にだめだろうという思いがするときもありました。横で人が死にかけていても瞬きすらしないというような感じ？　言葉の過ちで、あるいは叱責（粛清）されて、一日で身の上が変わってしまうのを見て、そのようになったようです。周りで誰かが突然見えなくなっても、残念がったり気の毒がったりしません。ひたすら無関心です。

――いい関係を結んだその一人の友だちとは、どのようにして信頼関係を作り上げたのでしょうか。

個人対個人の信頼だったと思います。体制の違いや現実的な諸問題にもかかわらず、長い業務の過程の中で、そのようなものを克服することができました。その信頼の実態は漠然とした信とでも言いましょうか。その友だちと私が価値観や性格、性質のようなものがよく通じてよく合う人だったんです。

――他の国出身の友だちとは違いがあったと思いますか。

はい。同じ民族だということが共通分母になるんです。北朝鮮は現実的に中国に頼っていますが、中国を好きではありません。我々もアメリカとくっついていますが、アメリカが好きではないでしょう。我々が今南北に分かれているのは、近代から現代になる過程で生まれた理念的な戦争の産物じゃないですか。今アメリカ、日本、中国、ロシアなどの周辺国は朝鮮半島問題に深く介入していますが、自分たちの利害ばかり問題にしているので、決して我々民族のために良いことをしてくれるはずがありません。南と北はその部分については共通の認識があると思います。そいつともそのような面で共感帯が成立したのです。

――他の北側の労働者たちとも満遍なく親しく過ごしましたか。

他の労働者たちとは特に人間的に親しくなる機会はあまりありませんでしたが、交流はたくさんしました。労働者たちがヤクパプ〔もち米に黒砂糖、はちみつ、なつめ、栗、ごま油などを入れて蒸したもの〕のようなものを作ってきて、分けて食べたりもしました。あちらの人々は基本的に分け与える情があります。

――そんなことがしょっちゅうあったみたいですね。

北側は我々が過去にそうだったように、冠婚葬祭のとき、物をあげます。人に会ったり、別れるときもそうですし。家にあるお米や卵のようなものを持ってきてあげるとか、家で作ることができるものを作ってきてあげます。ところが最近開城工団ではお金で挨拶するというふうにちょっと変わったようです。

私は北側の人々から絵ももらったし、食べ物もたくさんもらいました。主に開城ヤクパプ、開城人参など、地域の特産品です。お酒ももらいました。あちらでは実は酒はとても高価です。四日稼いでやっと白頭山クロマメノキ酒一本を買うことができるんです。今回開城勤務を終えて出てくるときにも、人参酒、白頭山クロマメノキ酒、ヤクパプなどをもらいました。

――受け取るだけだったはずはないので、あちらにプレゼントもたくさんなさったのでしょうね。

人の心をつかむ一番良い方法は、子供に気を使ってやることです。それで私は、子供がサッカーの選手だと聞くとサッカーシューズやサッカーボールを買ってやり、絵を描くと聞くと絵画道具を買ってやり、誰かが出産したのに乳が足りないと聞けば、粉ミルクを買ってやったりしました。そのような過程を通して「あの人は我々に敵対的な人ではないな」と感じるようになったことでしょう。私以外にもそのようにする人たちはたくさんいたと聞いています。

――しかしプレゼントの渡し方を間違えればむしろ本当の意図が歪曲される恐れもあったと思いますが。

プレゼントであれ、なんであれ、北側の人たちには自尊心を傷つけないようにあげなければなりません。プレゼントは、置いておけば理解して持って行きます。直接渡したりはしません。あちらの指針は、南側の人々との接触はできる限り慎めということだからです。特に当局間の関係が悪くなってからそのような傾向はますます強くなりました。そのような原則にもかかわらず、職員の誕生日や、記念日などに茶菓をあげることまでは止《と》められないのです。

――北朝鮮の労働者たちと一緒に過ごすのに窮屈さ感じる南側の駐在員もいたと思いますが。

私は地元が地方なのですが、地域感情はない人間です。だから開城に行っても簡単に適応できたんです。対北事業をしようと思ったら、まず開かれた心でなければならないと思います。北側でも同じです。私があそこで驚いたのが何かと言えば、交渉しながら南側の人々としょっちゅうぶつかる北側の幹部たちは、結局追い出されたということです。南側に対して非友好的な人は、対南事業から排除されるのです。開城工団は南と北の体制が出会う接点にあるのですから、互いに理解して受け入れる包容力が必要です。

――にもかかわらず、今南側には開城工団に対する否定的な見方がありますが。

少し前に「統一は大当たり」という言葉が世間の話題になったりもしましたが、私は物理的な統合よりも精神的な統合がもっと大切だと思います。いうなれば経済的・文化的・社会的な統合が先だということです。けれどもそれは自然になされるだろうと思います。だから今の段階で統一を論じるのは時期尚早だと思うのです。そのため開城工団が重要なのです。南と北が開城で出会って、互いの同質性を回復していきつつありますから。互いの違いを少しずつ縮めて行っています。

――南と北の違いはやはり大きいようですね。

実は開城で働きながら「今統一したら大変だろう」と思いました。あまりにも違うからです。そのように思った人は私一人ではないはずです。もしも開城工団の駐在員たちを対象に統一についてアンケート調査をしたら、過半数以上が反対することでしょうよ。互いの異質性を確かに感じたからです。けれども、開城工団の十年間、南側と北側の人々が出会いながら、その違いは少し縮まりましたし、今後はもっと縮まるでしょう。そのような隙間は、ゆっくりではあるけれど、時間が経てば少しずつ狭まったんですよ。

――南と北の「違い」や意見の差異によるトラブルの例を少し挙げてくださいますか。

そんな事例はとても多いです。初期に南側の駐在員たちがストレス解消にと酒を飲んで怒って騒いだことがあるのですが、北側は追放すると言ったんです。北側に不満があってそんなことをする人は、開城工団の事業をする資格がないと言うんです。あ、またこんなこともありました。誰かが金日成《キムイルソン》を「あのヤンバン〔旦那《だんな》〕」と呼んだために追放されそうになりました。韓国ではこの言葉は卑下する言葉ではないけれど、北側の人々はとんでもない冒涜と感じるんです。南側の言語文化を説明して、そんなことまで問題にしたらおかしいだろとやっと説得しました。

――それと反対の場合はなかったでしょうか。例えば南側の駐在員が北側の人々の態度や行動を問題視してトラブルになったことは？

我々は北側の労働者たちの生産性、いうなれば彼らが怠慢であることをずいぶん指摘します。それで労働者を教育したことがあります。労働者を交代してくれと要求すれば、その要求が妥当な場合には受け入れられます。

——交代した労働者はどこに行くのですか。

本人が選ぶことができます。行きたい会社があれば、そこに配置してやります。

統一を望む北朝鮮の住民たち

——南北の風習も違いが大きいだろうと思いますが、どうでしたか。

冠婚葬祭に参加したことはないですが、我々と似ているようです。ただ、物資が不足しているので、略式で行うようではありません。結婚式は我々と同じように、知人たちが参列し、記念写真を撮ります。男女の自由恋愛も多いですし。お見合いと恋愛が半々だと思えばいいでしょう。国家が個人の私生活に干渉するようすはありませんでした。個人の自由がずいぶん拡大した側面があるのです。

——北側の人々は、南北の経済協力について、さらに言えば統一について、多くの期待をしていますか。

はい、統一について大変期待をしていますよ。私の個人的な判断ですが、まず開城工団のような場所がもっとたくさんできて「食べて生きていく問題」がある程度解決することを願っているようです。韓国の経済力と北朝鮮の軍事力が合わされば、我が国は本当の強国になることができる、と考えているのです。彼らも「メイドインチャイナ」よりも「メイドインコリア」の方がずっと好きです。中国産は嫌いだと言います。実際に市場でも韓国の製品の方がもっと高く取引されていますし。

――北側の幹部たちが経験する労働者管理の難しさはどんなことでしょうか。

労働者たちに対する統制が上手くいかない場合があります。例えば、労働者たちは休日にも特別勤務をしたがります。一日でも多く出てきて仕事をする方が、休むよりもいいというのです。それで休日に指定しても、労働者たちが企業と協議して出勤することが少なくありません。それだけ北側の人々がお金に対して目を開きつつあるのです。けれども、まだ物質万能主義のレベルではありません。国家が解決してくれていた生存の問題を今では個人が解決しなければならないから、それに合わせて変わってきただけです。生活力がずいぶん強くなったのです。

――北側の人々はだいたいどのようなタイプの韓国人に好感を持っていましたか。

あちらの人々が人を判断する基準は三つだそうです。もちろん、一般論です。まず口が堅くなければなりません。それから二つ目、情が深くなければなりません。彼らは「情が柔らかい」という表現を使います。最後に、剛直で正義感が強くなければなりません。彼らは夫婦や兄弟などの間柄ならばまだしも、他人に自分の考えをあまり話しません。不利益を被ることをしょっちゅう経験するからだと思います。北側の人々と話していると、こんな言葉をよく聞きます。「むしろあなたを信じますよ。誰も信じられません」だから南側の人々に対しても、「口が堅い」ことを一番重要視します。

――南側の人に同化しないか、よく監視していますか。

そのような具体的な事実を確認することはできませんが、そのような習慣は完全に身についています。同僚たちの逸脱や集団的な価値と合わない行動などを生活総和の時間に点検して、相互批判することが体に染みついています。

いつの日か再び会うことができるだろうと信じる

――二〇一三年開城工団が稼働中断したときはどうでしたか。工団が再開するだろうという確信はあったでしょうか。

工団閉鎖にまではならないだろうと思いました。北側の幹部たちも同じでしたし。稼働中断に関していろいろな話が持ち上がっているときも、「そんなことはないだろう」と言いながらお互いを慰めあいましたよ。開城工団がそんなふうになってはならないという価値判断的な認識が、南側と北側の人々の間に共通してあったのです。そうするうちいきなり別れてしまったのですが、再開するには時間がかかるだろうとは思いました。ところが意外に、私の考えよりも早く再開しましたね。

――工団が再開して、北側の人々と再会したときは大層感激したでしょうね。

四月下旬に出てきて、七月に点検を兼ねて行ったのですが、おっしゃる通りです、感激の瞬間でした。互いに本当に望んでいた再会だからです。特に北側の人々の方がもっと望んでいたようです。会えない間元気だったか、と互いに心から挨拶を交わしました。実は北側の人々はあまり握手をしないんですが、女子職員たちまでも他の人々の視線を気にせずに手を差し出したんですよ。北側の人々の顔はずいぶんやつれていました。集団労力動員のような場所に行っていたらしいです。顔がずいぶん焼けていました。いろいろな面で気の毒でした。

――集団労力動員というのはどんな仕事でしょうか。

二〇一三年に開城歴史地区がユネスコの世界遺産に指定されました。だから文化財関連の道路整備や施設物の公共労働をしたのだと思います。北側は交通条件が悪くて十キロくらいは歩いて移動します。往復四、五時間です。それに加えて労働をみっちり三か月間ずっとやったために、肉が落ちて顔もやつれたのです。

——工団閉鎖—再稼動以後、特別な変化はありませんでしたか。

北側の社会は党がすべてのことを決定します。しかし開城工団の再稼動という党の決定は、民意を反映した側面がなくはないと思います。開城工団の北側の労働者たちの工団正常化、再開の意思が有形無形に党の決定に反映されただろうという判断を、用心深く下しています。

——巨視的に見て、南と北の双方にとって開城工団の意義は何だと思われますか。

開城工団は南北双方にとって相生の拠り所になる場所です。北側の人々にとっては、資本主義経済を体験する教育の場であると同時に、家族の生計が解決される空間です。また南側の企業経営者は経済的な利益を追求することができるから、結果的に韓国の経済にも助けになるのです。南と北の異質性の解消も大きな役割を果たしています。だから開城工団は皆にとって幸福と夢と希望を与える拠り所だと考えます。

今は開城工団の意味とシナジー効果をまともに体得することができないまま、経済的な側面ばかりがクローズアップされていますが、そのような経済的な数値では測ることができない場所だと思います。将来統一されれば、民族史的に大きな意味がある場所だったと知ることになるだろうと思います。

――対北事業に長く従事していらっしゃったので他人にわからない思いがおありだと思いますが、いかがですか。

対北事業をしている人たちは、実は北朝鮮に対しての愛憎がすごいです。愛する気持ちと憎む気持ちが混じり合うとでも言いましょうか。ときどき、「あの人たちは本当に嫌いだ」「あの人たちは本当に理解できない」と思うことがあります。でもそれは我々だけでしょうか。北側にも、我々が月給やチョコパイをくれるとありがたがる人もいますが、自分たちを搾取して金のことしか考えないと嫌う人もいるのです。

――ひょっとして、統一の可能性や方法論について考え方が変わった点はありますか。

開城工団で十年過ごしていると、統一は「幻想」ではないという思いがしますね。統一は我々にとって無条件の理想であるとか、無条件に大きな利益をもたらす絶対的な価値ではない、ということです。現実的に南北が統一されるためにはその前にまず社会の各分野で統合がなされなければならないということです。統一よりも統合の方が重要で、先だということですよ。

前は統一をある盲目的な目標としてばかり考えていたのですが、今は統一の具体的な方法が目に見えるのです。

――十年の勤務を終えて開城から出てきて、複雑な心境だろうと推察します。どんなお気持ちでしたか。

北側の人々との送別式でこんな言葉が飛び交いました。健康でいよう、いつの日か、また会えるだろうから……。二〇一三年には「開城工団は本当にこんなふうに終わってしまうのか?」と思ったのですが、そんなときもありましたが、また再開したじゃないですか。十年間工団が続くのを見て、今は南北関係はそれほど簡単に遮断されはしないという信念が生まれたようです。だから南と北でそれぞれ健康に過ごしていれば、いつかまた会えるでしょう。そんな日を本当に首を長くして待っています。

●取材後――

ナム次長は開城で過ごした十年を回想しながら一言一言慎重に選んで話をした。語調は落ち着いて淡々としていたが、表情にはいろいろな色の感情が滲んでいた。最初は北朝鮮の住民たちに対していかなる偏見もなかったという彼は、開城工団にいる間、「愛憎入り混じる」経験をしたと打ち明けた。「愛憎入り混じる」は彼の顔に浮かんだ複雑な感情を見事に要約してくれる言葉だった。

彼は開城工団であったいくつかの個人的な経験を話しながら、それによって開城の知人たちに被害が及ばないだろうかと心配した。現在の開城工団と南北関係を象徴する悲しい自画像であった。

インタビューが終わって、彼は「統祈愛集」(統一を祈念し愛する集まり)に行くところだと言った。開城工団で一緒に働いた同僚たちの集まりだそうだ。「今日も行ったら酒を一杯やることになるだろう」と道を急いでいたナム次長にとって、あの日の酒の味はどうだっただろうか……?

9

済州島はそんなにいいんですか。素敵な風景写真があればちょっと見せてくださいよ。

――チョンジヌ（取材　キムセラ）

チョンジヌさんは二〇〇九年から二〇一〇年末まで開城《ケソン》工団の管理機関に勤務した。長く自動車関連の技術業務に従事した彼は、三十代はじめの大変誠実な人だった。チョンさんは韓国の地で飛び交う悪口を北朝鮮の地でも聞いた途端「あ、だから我々は同胞なのだな」と思ったと言う。

――開城工団の勤務はどのようにして始まりましたか。

開城工団があるということは、ニュースを見て知っていましたが、「私とは関係のないことだ」と思っていました。自動車の技術整備の仕事をしていたのですが、開城工団で関連分野の人を採用するという広告を見て志願することにしました。好奇心が生まれたのです。どんなところなのか知りたくもあり、一度行ってみたいという思いもしました。一生技術整備だけするのではなく、管理職も一度やってみたいという思いもありました。

――二〇〇九年といえば、南北関係が悪化しつつあったときですが、それについて抵抗はなかったのですか。

周りに聞いてみたのですが、みんな思ったより危険ではないと言いました。マスコミで報道されているのとは違うと言うんです。

――そのような情報をどこから得られたのですか。開城工団について、よくご存知の方が周りにいらしたようですね。

面接を受けるときに該当機関に直接聞いてみたんです。また、一緒に働くことになった何人かの同期の中に、北朝鮮学を専攻した人がたくさんいました。専攻が北朝鮮学なので、聞いて知っている話が多かったみたいです。

私の出身地は江原道《カンウォンド》の楊口《ヤング》です。休戦ラインのすぐ南の民統線地域なので、北朝鮮から飛んできたビラ（心理戦に使われる誹謗ビラ）を見て育ちました。だからなのか、北朝鮮と関連した問題にずっと関心がありました。

通勤バスの運転手の頻繁な部品要求

――担当なさった業務を具体的に紹介してください。

車両の技術整備の責任者でした。部品購買、予算管理などを含めてです。車両を点検して問題があれば北側の整備員たちに修理の指示をしますし。開城工団の北側の労働者たちが乗る通勤バスは構造が単純で電子制御装置がないので、深刻な故障はありませんでした。技術が必要ない単純な整備なので、北側の人々の方が上手です。北側の運転手たちは基本的な整備も結構うまくこなします。北側では運転免許を取るには基本整備が必ずできなければならないと言っていました。通勤バスは全部で二百五十台程度でしたが、運転手一人が一台のバスを担当する、というやり方です。運転手たちが何号車がどのように故障したと言ってくれば、実際に故障したのかどうかを確認して、新しい部品を渡すと、運転手たちが直接修理するんです。そのあとで新しい部品が装着されたことを確認し、故障した部品は回収します。

――故障していないのに故障したと言う場合もあるのですか。

はい、部品がとても不足しているじゃないですか。工団にはじめて行ったとき、車が故障したと言っては部品をくれと言い続けるので、車を持ってきてみろと言いました。故障が確認されなければ部品をやらないと言いました。そしたらもうそれ以上要求してきませんでした。一番たくさん要求されるのはバッテリーです。だから、古いバッテリーを持ってきたら交換してやるようにしました。しかし、タイヤは舗装していない道路が多いので、頻繁に交換しなければなりませんでした。

――勤務している間、北側の労働者たちとの仲はいかがでしたか。

親しくしていました。最初はこんなことがありました。北側の運転手たちが集まっているところに行ったら、バレーボールをしているんです。親しくなろうと思ったら一緒にスポーツをしなくちゃと思って、一緒にやろうと言ったら、ダメだと言うんです。だからもう一度聞いてみました。「一緒にやりましょう。私もバレーボールができますよ！」そしたら「ダメです！チョンサンは抜けてください！」と言うんです。工団に入る前に北側の人たちとは何であれ一緒にしてはならないと教育されたことを思い出しました。その後少し経つと、要領がわかってきました。信頼が幾重にも積み重なれば大丈夫でした。最初は警戒していても警戒心が崩れれば仲良くなるんです。彼らには、好意を直接表してはいけません。例えば、みかんのようなものも直接あげたら受け取りません。しかし、みかんを置いていけば食べます。次の日に見ると、みかんの皮だけになっている、というわけです。

——二十代で北側の運転手や整備士たちを管理するというのは簡単ではなかったでしょうが、指示をしたら素直に応じましたか。

最初は私が若いのであまり聞いてくれませんでした。若いからとバカにしてか整備の実力をテストするんです。これをやってみろ、あれをやってみろ、と言って。あるとき私にタイヤを締めてみろと言うので、ともかくやって見せました。その後韓国ではこうするんだと言いながら、もっとたくさんのことを教えてやりました。彼らは道具が何種類もないので、単純整備しかできないのです。

最初は本当に、指示を聞いてくれなくてつらかったですが、従業員の代表である職場長を通して言ったらすぐに処理されたんですよ。だからその後は何でも職場長を通して指示しました。システムの違いです。直接話すとダメなことも、職場長が話せばうまくいくんです。時間の約束もよく守りますし。仕事の特性上、廃棄する部品を回収するのも大切なんですが、職場長が前面に出れば廃品の回収もうまくいくし、紛失したものもちゃんと戻ってきました。

——物がなくなることもあったんですね。

部品がなくなることは多いですよ。いつだったか、高価な道具を一つ紛失したことがありました。北側の人々が三、四名、私が働いているのを見ていたのですが、仕事が終わった後に見たら道具がなくなっているんです。「あれどこに行ったんだ?」と聞いてみると、「我々を疑うんですか」と顔を赤くしているんです。知らないと言うからどうすることもできませんでした。ところがその後でそんなことがまたありました。そのときは質問せずにすぐに職場長に言いました。「私が本当に大事にしている道具がなくなった」と。職場長は「では私が調べてみます」と言い、次の日の朝見ると私の机の上にちゃんとあるんです。

職場長を通すようになってから、業務が明らかに楽になりました。要領が生まれたんです。でもそれ以後は幹部の労働者たちがときどき部品を要請することがありました。個人的な要請だったのですが、個人的に必要ではないようでした。

互いに異なる社会……しかしこれだから同じ民族か?

――あれこれ要求が続いていたようですが、対処するのが難しかったでしょうね。

はい。のちに私もタバコや酒のようなものをくれと言ってお互い交換しました。そのような幹部の労働者たちとは直接やりとりをしました。北側の労働者たちは心の余裕があるのか、性格がゆったりしているのか、仕事をするときには決して急ぎません。あるとき、自動車のトランスミッションを降ろす作業を七人がかりでやっていたのですが、作業をしているのは二人だけで、五人は話ばかりしているのです。そんなようすを見ていると頭にきますよ。でも一人でムカムカしている必要はなかったんです。職場長に話せばすぐに解決します。私が言った時間内に仕事をきっちり終えるんです。彼らなりの秩序と体系を尊重してやって業務を正確に指示さえすれば該当業務はほとんど完璧に遂行します。

――南と北が違うということを、しょっちゅう実感なさったでしょうね。かなり異質だと感じたことはありませんか。

資本主義とカネに対する考え方はすごく違いますね。あるとき「どうして必死に金儲けをしようとするのですか」と聞いてきたことがあります。だから「金を稼がなければ食べていけないじゃないですか」と言ったら、「我々はそんなことをしなくても食べていけます」と言うんです。それで「我々はもっといい暮らしをするために金を稼ごうとしているのです」と言ったら、「理解できません」と言っていました。それで私も「私もそちらが理解できません」と言いました。私はあちらの社会主義の概念が本当に理解できません。でも一方で、韓国ではこんなに一生懸命働いているのに自分の家一つないのに、北側の人々は少なくともそんな心配はしないで生きているんだろうな、と思ったりもします。ともかく、互いに社会制度と価値観が違うということは認めなければならないと思います。

――南側の物質的な豊かさについてはどのように認識しているようでしたか。

南側の暮らし向きがいいということは知っているようです。だから、よく何かを要求するんじゃないですか。また、服や身なりを見ても、南側の人と北側の人では確実に違いがあるので、自分たちも感じることでしょう。いつだったかこんなことを聞かれたことがあります。「ひょっとして南側にある車が全部開城工団に入って来ているんじゃないですか」また、私の車を見て「これは本当にあなたの車ですか」と聞くので、「そうだ」と言いました。すると「えー、違うと思うんだけど。あなたの車だということを証明してみてくださいよ」と言うんです。乗用車は幹部なんかが乗る車で、普通の人は乗ることができないと思っているからそう言ったのでしょうよ。（笑）

――文化的な違いからくるトラブルもあったと思います。

ありましたよ。彼らは障がい者を「ピョンシン〔病身〕」と言います。私は右手の小指がないのですが、私の手を見て「ピョンシンだな」と言うんです。そのとき、「北朝鮮ではこう言うんだな。これこそが言葉の違いだな」と思いました。だから彼らに言いました。南側では「ピョンシン」と言わずに「チャンエイン〔障がい者〕」と言うんだ、と。実は私も呼称の問題で失敗したことがあります。私よりも一歳年下の整備員の名前を無意識に呼んだところ、他の人が問題を提起したことがあったんです。あそこでは年下でも普通「○○ソンセン〔先生＝サン〕」と呼ぶんです。下の名前を呼ぶのは相手を下に見ているということです。いつも気をつけて緊張していなければなりませんでした。それでも失敗することがあります。私はもともとよく悪口を言うんですが、その一歳年下の奴に無意識のうちに悪口を言ったこともあります。ひどい悪口ではなく、「おい、この○○め！」といった程だったんですが、他の人がそのことについて問題を提起しました。

――まさに悪口として受け取ったのですね。

そうです。けれどもあちらの人もよく悪口を言いますよ。面白いのは、北側でも南側でも悪口は同じだったということです。彼らが悪口を言うのを聞きながら、「本当に我々と同じだな！だから同じ民族なのか？」と思ったんですよ。特に「ケー○○〔犬○○〕」という言葉は我々と全く同じように使います。「インマ〔こいつ〕」とも言いますし。我々もそうですが、彼らも親しい人と話すときには気楽に悪口を交えながら話します。

――ところで当事者ではなく、第三者が問題を提起したのですね。ひょっとして、南側の

人々から不当な扱いを受けていないかを互いに観察しているのですか。

そのような目的もあるでしょうが、互いに全体的に助け合っていると思います。それが監視と見えるようでもありますし。北側の人々は南側の人々と一緒にいるとき、ほとんど一人でいることがありません。いつも二人以上一緒にいます。そんな人たちを見るといつも緊張しているようすです。南北関係が相変わらず気楽な関係ではないということの反証であるように思います。

――そのように互いに緊張していれば、北側の労働者たちも心に余裕がないし、荒っぽいだろうと思われますが。

そうではありません。彼らが怒ったり争うようすを見たことがありません。だいたい落ち着いていていて、心根も優しいです。それに皆本当に頭がいいと思います。機関に大学を出た女性がいたのですが、記憶力は本当に凄いです。一度見たものは忘れないのです。そうだ！　男女差別がちょっとひどいのですが、それでいて女性たちは男たちに言うべきことはちゃんと言います。それから冗談もよく言いますし。私が車の下で仕事をしていると、「そこで寝てたらどうするんですか」というふうに。

――冗談を言い合えるほどなら、親しくされていたんですね。努めて努力なさったのですか。

そうです。最初は互いにかなり警戒しましたが、のちに親しくなりました。私は業務中の休み時間にはいつも、北側の事務室に行っていました。週末の当直のときにも行ってたくさん話をしました。自動車の話、サッカーの話、家族の話など、主に日常的な話をしました。政治や体制を離れて人間的な対話を交わしたと思います。誰かが私に済州島《チェジュド》に行ってみたことがあるかと聞いて、素敵な風景写真があれば見せてくれと言ったんですよ。済州島が風光明媚だということをどこかで聞いたんでしょう。

北側の住民たちはボロを着て飢えているという偏見と誤解

――政治の話は禁忌だったでしょうね。

政治の話はほとんどしませんでした。北側の指導者たちについての話をみだりにしたらいけないですから。私が開城に入ったとき、政府の方から北側の関係者たちと食事したり飲み会をしたりするなという指針が降りてきたようでした。韓国政府の方でも積極的に北側の人たちとの接触を遮断したのです。だからいろいろなところにたくさん気を使いました。

北側の労働者たちは統一の話はときどきしました。南北が早く一つにならなければならないとよく言ったのですが、私はどう答えていいかわからず、「ええ、統一しなければなりません」

とだけ言いました。統一したら自分たちの家に遊びに来いと言うので、私もうちに遊びに来いと答える程度でした。よくはわかりませんが、彼らが統一について語るときは真剣さと切実さのようなものが感じられました。

――それでも、もしかしてお互いに顔を赤くして怒ることはなかったのですか。

些細なことですが、こんなことがありました。事務室の横に松が一本あったのですが、松の実が三ついていたので取って食べました。そしたらそれを管理する北側の職員がやってきて、誰が取って食べたのかと詰問するのです。自分が唾をつけておいたものだと。それで私が「会社にある木の実に持ち主がいるんですか」と言い返しました。ただのハプニングでした。

――「松の木の実の話」のようにトラブルをうまく収める要領が必要でしょうね。

こんなこともありました。北側の車両の運転手がバックをしていて私の車にぶつかりました。新車だったので見積もりが五十万ウォンくらいになったと思います。北側の幹部のところに行ってどうするつもりだと聞きました。貨幣価値が違うので修理費を金で払うことができないから、直接修理するというんです。考えた末に、ガソリンでくれと言いました。あちらでも他の方法がないから、受け入れましたよ。南側から北側に提供している燃料のクーポンがあったのですが、そのクーポンで受け取りました。誰かが北側と交渉して獲得したこと自体がすごいことだと言っていました。また、私は酒が好きなので、誰かが「チョンサン、北側には山参酒《サンサム》というものがあります。そんな酒でも一度飲んでみたらどうですか」と言ってその酒をくれると言ったことがあります。その酒はいつくれるのかとずっと言い続けて、開城工団を出てくるときにやっと受け取りました。

――その程度なら、北側の人々とも仲良くし、適応することに成功なさったようですが、なぜ二年も経たないうちにやめられたのですか。困ったことでもあったのですか。

妻が出産したときに行けなかったこと以外は、特に困ったことはありませんでした。勤務時間や業務量も多くなかったですし、ストレスを与える人もいませんでした。北側の人々との関係も、私がその気にさえなれば、十分に克服できるだろうなと思いました。私は本当に親しく過ごしたんですよ。ただ給与が期待ほど多くありませんでした。当時は、李明博《イミョンバク》政権の初期だったので、公共機関の月給が大幅に削減されたときでした。開城工団管理機構の賃金もずいぶん削減されました。それから妻が産後鬱にかかってしまって苦しむのを見て悩みました。それで出てくることになったんです。

――もしも条件が合えばまた行って仕事なさいますか。

さあ、どうでしょうか。開城工団はやはり北側なので、あれこれ言葉や行動の制約が多いんです。いつも緊張しながら生活するとでも言いましょうか。何よりも南北当局間が対立するようになって開城工団が正常でなくなったのですが、その中で仕事をする方々は大部分月給以外に特別な矜持や自尊心を感じることができません。開城工団の性格がすでに大きく変わってしまったのです。

――北側の食糧難が深刻であるという報道がたくさんありましたが、直接見て本当にボロを着て飢えているようすでしたか。経済的な困難はどの程度であるようでしたか。

私も行く前にそんな話をたくさん聞きましたが、行ってみたら栄養状態はそれほど悪くないように見えました。背は少し小さいほうですが、食べられずに顔が黄色くなっている人もいなかったし、かなり太った人もいました。服装も私が考えていたような一九六〇～七〇年代のスタイルではなかったですし。家はちょっと古くて頼りない感じではありましたが、それほどボロを着て飢えているようではありませんでした。

あるとき北側の幹部の労働者が「デジタルカメラ」で家族写真を撮ったものを見せてくれたのを見て、びっくりしました。その人は体格もふくよかでした。そうだ、携帯も持っていました。２Ｇフォンくらいでしたが、実際に通話するところは見ていません。工団の中では通話ができませんが、工団の外ではできると言っていました。事実かどうか確認することはできませんでしたが。

――開城について周りの人はどのようなことを知りたがりましたか。

本当に飢えているのかとたくさん聞かれました。実際韓国人でマスコミの報道を百パーセント信じている人はどれくらいいるでしょうか。北側の雰囲気は我々が想像するのとは少し違います。開城工団には北側が運営する「平壌《ピョンヤン》食堂」や「鳳東《ポンドン》館」という飲食店があるのですが、ツルニンジン料理と大同江《テドンガン》ビールなど北朝鮮の食べ物が出ます。そこで働いている女性接客員たちは本当に印象的でした。まず公演の腕前が素晴らしいです。公演は主に歌を歌って踊りを踊るのですが、本当にレベルが高かったんです。女性接客員たちは大部分浅薄ではないし知性的な美しさがありました。礼儀も正しいし気品がありました。お客が意地悪な冗談を言ってもうまくやり過ごします。何よりも自分の仕事に自負心を持っているということが感じられました。

――そんなふうに北側の住民たちに直接接しながら同胞愛のようなものを感じたことがあり

ましたか。

さあ、私は歳も若いし長く勤めていないからかもしれませんが、よくわかりませんでしたね。お年を召した方とか開城で長く働いていた方々は感じ方がまた違うと思います。でもこんなことはありました。江原道《カンウォンド》は南と北にまたがっているじゃないですか。私が江原道の楊口《ヤング》で暮らしていたと言ったら、楊口《ヤング》はひょっとして華川《ファチョン》の隣にある場所ではないかと言って、自分たちのところも江原道があるからよく知っていると言うんです。私たちの地理をよく知っていて話がすぐに通じるので親密な感じがありました。

北朝鮮の住民たちは我々の敵ではない

――開城に勤務する前と比べて北朝鮮に対する認識が変わった点はありますか。

昔はマスコミで報道されるとおりに北朝鮮を敵視していました。けれども工団に行ってきてから「それは違うな」と思いましたよ。北朝鮮の住民たちは我々の敵ではないという思いがしました。北側の人々全体を敵と見做すのは間違いなんです。韓国で何人かの人たちがそのように間違った方向に誘導するから、一般の国民もこぞってそのように認識するのは問題だと思います。

周りの人々はみな開城に行ってきた感想を一回は聞きます。私はありのままを話します。人が住む場所は皆同じだと、北側の住民たちは敵ではないと。開城工団に対する間違った見方を正す広報大使の役割をしているわけです。

――個人的な事情で辞められたわけですか、工団を離れるときはずいぶん思い残すことがあったのではないでしょうか。

はい。すっきりすると同時に、残念だと思いました。私は正直言って、南北関係についてよく知らなかったし、深く考えたこともありません。ニュースで報道される話しか知らないで生きていました。ところがあそこにいて、「開城工団は本当に中断してはならない、誰かが犠牲になってでも続けなければならない」と考えるようになりました。

――どうしてそう思われたのですか。

突然統一されたら、文化的な衝突が起きそうだと思ったんです。開城工団のような場所がもっとたくさんできて交流がもっとなされれば将来統一されたときに楽になる気がします。今は考え方や文化の違いがあまりにも大きすぎます。学校で教育をたくさん受けて統一の必要性についてては知っていますが、統一の方法について特に考えたことはありませんでした。でも工団に行ってきてからはっきり感じたのは、「このような方法で統一されたら衝突はなくなるだろうな」ということです。統一について否定的な人々もいますが、私は統一してこそ我が国がもっと発展するだろうと思います。統一の意味と過程についてまともに教えないことが問題だと思います。

――勤務を終えてから開城に何回かいらっしゃったそうですが。

はい、工団にある消防車両（火災鎮圧車両六台）の精密検査をしに行きました。工団を出てきてから二年ぶりに行ったのですが、また見たら本当に嬉しかったです。北側の人々も私の顔も名前も全部覚えていて喜んでくれましたし。互いに元気かと聞いて冗談も言い合いました。二〇一三年の秋にも行ったのですが、一年前に比べてもっと良くなっていました。年が経つにつれてあちらの人々の顔色が良くなり、洗練されてくるのが見て取れます。だんだん顔が穏やかになるとでも言いましょうか。毎年そのような変化が感じられるので、私も嬉しく思いました。これからもずっとそんなふうに会うことができればいいなと思います。

●取材後――

卒業後は自動車の整備だけやってきたというチョンさんは三十代の課長である。北について過度な愛情もなく、民族愛に溢れているわけでもない、周りに普通に見られるような平凡な市民だ。しかし彼は開城工団の勤務を通してそれまでマスコミの報道で知っていたことが全部ではないということを、マスコミが必ずしも事実だけを報道するのではないということを悟ったようだった。そして今からでも北朝鮮の住民たちに対する敵対的な見方を捨てなければならないと力を込めて語った。彼の目に映った北朝鮮の住民たちは時間が余れば同僚たちとスポーツをし、意地悪な冗談を好み、子供たちが成長するようすに目を細め、素晴らしい景色に心を奪われる、至極平凡な「普通の人々」だったのである。

Part 3

開城工団に向かう道、統一に向かう道

取材記者対談 1

統一に向かう飛び石に石をひとつ置く気持ちで……

二〇一五年四月十五日。「セウォル号の惨事」一周忌前日の夜、「開城《ケソン》工団の人々」のインタビューをした作家たちが光化門《クァンファムン》の近くのある飲み屋に集まった。原稿にはどうしても書けなかった、あるいは書かなかった裏話を分かち合うためだった。

「開城工団」の特殊な状況は、南と北の「管理者」たちだけでなく平凡に生きている「サラリーマン」たちの口までも、自ら検閲をしなければならないように仕向けた。ただ聞くだけなら面白い「職場の話」なのだが、「開城工団」という舞台を背景に置くと、緊張の糸を緩めることができない南北の対立と緊張が顕在化する。だから語り手は自ら何度も何度も確かめながら口を開いた。けれどもそのような注意深いインタビューすらもすべてを原稿にすることはできなかった。

対談が行われた次の日は雨が予想されていた。近くの光化門はセウォル号の遺族たちの天幕と蛍光色のベルトをした警察官たち、一人デモをする人たちでごった返していた。作家たちはそれぞれのやり方で焼香と献花を終えて対談場所に集まった。光化門広場の雰囲気のように重く冷たい風が吹きすさんだその日の夜、『開城工団の人々』に関わった作家たちの対談は始まった。

司会　まず作家さんたちが最初に考えた『開城工団の人々』の企画意図をもう一度整理したいと思います。どんな心構えでこの作業に参加なさったのですか。また、当初考えていたあるいは聞いていた企画意図に照らして、作業が一段落した今は考えがどのように変わったのかお聞きしたいです。

キムセラ（以下キム）　私がこの作業に参加した当時はこのような性格の本が出たことがなく、それでそれなりにいろいろな期待をしました。大きく見れば、南と北の「接点」となる地域で働いている人々の話を伝達することが、すなわち統一に向かう飛び石に石をひとつ加える作業なのではないかという考えでした。ところがある方とインタビューをしてみたら、私の考えと大きくずれていて当惑しました。豪放で面白い話を打ち明けてくださった方が、話の終わりに「私は統一を望みません」と言った瞬間です。統一されれば北側よりも南側の人々の方が犠牲にならなければならないし、経済的にもっとたくさん負担しなければならないということを実感したからだと言うのです。

彼だけでなく、他の方も似たようなものでした。実は私が会った語り手のうち三分の二くらいは統一自体を否定したり、拒否とまではいかないけれども統一による被害や犠牲に対する拒否感がすごかったのです。「私が死んだ後に統一してくれたら嬉しい」という気持ちを表された方もいましたし。

司会　統一に向かう飛び石に石一つでも加えたかったのですが、実際に会ってみたらむしろ統一を望まない人々の方が多くて困惑したというのですね。

キム　私があまりにも理想主義的に接近したかなと悩んだりしましたよ。このような方たちの観点については、別途に悩んでみる余地があるようです。

イヨング（以下イ）　私は統一が完成されることを前提に、現在の不完全な中間地帯または緩衝的な地帯としての開城工団についての生々しい記録が必要だと考えました。開城工団で働く人々は各自が置かれた立場にしたがって、統一問題のような大きな論議から文化的な違いについての摩擦のような個別的な悩みまで、たくさんの話をしてくれました。すべての人の観点が同一であることはありえません。各自の立場で統一に対する見解や方法を披瀝《ひれき》してくれましたが、それに対する評価は後世の役割だということです。

司会　現在の時点で忠実な記録も必要だということですね。一定程度の時間が経った後、開城工団についての話は「当時そこで働いていた人々の回想」としてしか知られることがないわけですから。

イ　南北が対峙している分断状況において、開城工団で働いていた人々の経験を通して北朝鮮や統一についての立場ないし観点がどのように変わったのか、その過程が記録されたらいいと思います。

キム　ある状況においては開城工団に対するより深まった内容の本が、第二弾、第三弾と続編の形で発行される必要があるだろうと思います。

イ　けれどもこの本は直接的な記録ではないという限界もあります。北側についての間接的な聴取なのです。それからシンウンミさん（在米韓国人女性。二〇一一年十月から八回北朝鮮を訪問した）の北朝鮮訪問記の例でもわかるように、個人の行動や観点が持つ社会的な限界も明らかに存在します。

キム　語り手の大部分が匿名を要求した理由もまさにその点にあります。万が一不利益が生じるかもしれないという不安感が厳然としてあるのです。嘘をついているのではないにもかかわらず「真実が通じなかった」という実体験があって、それで居づらくなるというのが韓国社会の雰囲気でもあります。

イ　我々は北朝鮮社会についての話自体がタブー視される社会に住んでいます。我々が会った語り手たちは生計を維持するために開城工団で働いている、あるいは働いていた人々です。だから万が一あるかもしれない不利益を警戒するしかありません。

キム　だから個人的にはインタビューに応じた方々の勇気に感謝し、一方では申し訳ない気持ちにもなります。このような申し訳ない気持ちが根拠のないものであると判明することを望みます。

カンスンファン（以下カン）　最初に私は開城工団にいる人々は何をして遊ぶのかという点に興味がありました。余暇の時間を過ごす過程はつまるところ文化生活の一部分ですから。ところがお昼休みにはもっぱらバレーボールばかりしているという話を聞いて、衝撃を受けました。また工場ごとにバンドがあって、競演大会をするという点、余暇の時間にも、のど自慢や演劇のような全体が参加する場を作るということから、集団主義的な文化生活をしているんだなと判断しました。下ネタを楽しむということも驚きましたし。語り手のうちの一人から「作家さん、この本よりも下ネタ集を作った方がもっと売れると思います」と提案されたのですが、ホント、イカした企画になるかもしれません。

一同　同感です。ホントに大当たりしますよ。（笑）

カン　私はこの本の方向が統一論になってはいけないと思います。私がインタビューした方々の意見を伝えるならば、大韓民国のマスコミはもう信じられないという方が大部分です。「たいそうな統一論が必要ですか？　開城工団がもういくつかあれば、自然に統一されるでしょうに」という雰囲気でした。

「我々」と「彼ら」が感じる開城工団の必要性

司会　ではもう少し細部に接近してみましょう。つまり「彼らが感じる開城工団の必要性」です。開城工団の現場で仕事をする人々から見ると、個別の会社の次元であれ、南北経済協力の次元であれ、経済的な面で彼らが見る開城工団の意味はどういうものなのか話を進めてみましょうか。

カン　長く勤務した人々や法人代表たちは、大部分開城工団が持続しなければならないと言います。人件費が相対的に安いばかりでなく。物流費が「とんでもなく」削減できるからです。労働者不足が問題なので南北対話を通じてそれを政治的に解決しなければならない過程が残っています。開城工団で働いている北側の労働者数は現在五万三千名ですが、この数字は開城市と近隣の郡からの動員が可能な人員を最大限集めたものだそうです。

司会　企業の立場は経済的に開城工団が大きな助けになるというのですね。しかし政治的な制約のせいでもうこれ以上人員を増やせないので、成長ができない状況だというわけですね？

カン　私がインタビューした会社の場合、千二百名程度の労働者が必要なのですが、実際に割り当てられた人員は八百名にしかならないと言います。北側に増員を要請したのですが、集団的に大規模な人員を移住させなければならないために、寄宿舎を立てなければ解決できないそうです。寄宿舎の建設は南北が二〇〇七年に合意したのですが、李明博《イミョンパク》政権以降韓国政府が合意を守らずにいるのです。

司会　結局南側で五・二四措置〔五〇ページ参照〕などのかんぬきを外さなければ問題は解決しないのに……。開城工団の入居業者が主に国内の大企業の下請け業者だということも制約のようです。にもかかわらず開城工団が閉鎖されてはならないということは共に感じています。

カン　主に賃加工業者や、人の手のかかる労働集約産業ないし大企業の下請け業者がたくさん進出しています。

キム　けれども彼らにはこんな信念があります。五・二四措置のように、最悪の場合でも一時的な閉鎖にとどまるだろうというのです。甚だしくは延坪島《ヨンピョンド》砲撃事件のような極限的な対峙状況でも、むしろ工団の方が安全だという信念もあります。外から見るほどには不安感が大きくないそうです。

司会　揺さぶられる場合はあっても、極端な場合はないという信念が南側の駐在員や北朝鮮の労働者の間にはあるということですね。多分その信念は、直接北側の人々と長いあいだ対面しながら彼らについて持つようになった、開城工団の駐在員たちだけの独特な経験的認識のようです。

キム　一言で言えば、いろいろ大変なことはあっても、開城工団が媒介になって今後南北経済協力がうまくいくだろうと信じているのです。

イ　むしろ大部分の南側の駐在員たちは、開城工団のような南北経済協力地域を増やさなければならないという考えです。単純な経済論理だけで考えていけば南側の資本と北側の労働が共同の利益を作り出すのですが、これを経済以外の論理で見る見方も厳然としてあります。

キム　最近聞いたところによれば、日本のソニーが北側に進出しているという話があります。羅津《ラジン》・先鋒《ソンボン》地区かどこかにあると言うんですが、そんな場所にはサムスンかＬＧのような韓国の企業が行かなければならないのではないですか。日本や中国の巨大企業が北側に進出しつつあるという話を聞けば、なんでそのような場所に韓国の企業が進出できないのかと残念な気持ちです。

司会　北側の経済的な利権を他の国に奪われつつあるようで残念です。南北が力を合わせても足りないのに関係ない国々がむしゃむしゃ食べているみたいです。

カン　対北制裁のせいで傷ついて損害を被っているのは南側の企業と北側の労働者たちです。開城工団を発展的に利用するならば統一の過程を短縮することもできるでしょうに、今はむしろ正常でない状態がますますひどくなりつつありますから。

キム　韓国のマスコミが報道する「北朝鮮」は金正恩《キムジョンウン》第一委員長の動静しかないみたいです。平凡な北側の人々も人間的な欲求を持っていて、その営みの中で生きているという点が見えないということです。最近インターネットなどの一部報道を見ると彼らも携帯電話を使い、子供達の教育に熱を上げるなど我々とそれほど違いません。もちろん経済的に単純に比較すれば北側の住民達の経済的な水準は我々よりもずいぶん苦しいですが。

イ　北側の権力者の周辺ばかり見せて対立的だったり冷ややかな見方を助長する報道が、特に総合編成のマスコミを中心にひどいようです。

カン　南側の職員達がパンや飴をあげると、北側の人々は人情が厚いから必ずお返しをくれるんですが、最初はトウモロコシのような農産物だったのが、最近はりんごや飴、または工業製品類に変わりつつあるそうです。それだけ北側の労働者たちの生活水準が高くなりつつあるという反証なのです。

司会　余談ですが、こんなに重要な南北問題を管轄する統一省長官は、誰がなってもいいポストだと、柳吉在《リュギルチェ》前長官が言ったそうですね。

最近、私的な席で柳吉在長官は「正直統一省長官は誰がなってもいいポストのようだ」と言って、「長官職を離れたら（統一省の構造的な限界等）このような分野について文章を書いてみようと思う」と言ったと、『韓国日報』が二月二十六日に報道した。『韓国日報』によれば、柳長官は統一省の地位や役割について根本的な再検討が必要だという立場を明らかにし、「歴代政府を見ても統一省の地位が高かったときがない。それなりに統一省に力を与えていた盧武鉉《ノムヒョン》政権でも第二回南北首脳会談は国政院が主導したし、統一省は主に対外的に出ていくことを主として受け持った」と述べた。

イ　統一省で主導的に南北関係に対処するというよりは、対北強硬ラインで南北問題を調整するという印象があります。軍事的な視点から見れば南北経済協力というもの自体が成立しません。そういう面で統一省長官という地位は、自らの声をあげるのが難しいということもありうるでしょう。

カン　五・二四措置の影響がまだ現場には色濃く残っています。最近は開城工団の人員募集広告を出しても志願者がいないと聞きます。いくら働く場所がなくても南と北が出会うような場所には志願しないというのです。

イ　南北問題を純粋に企業間の経済協力の問題としてだけ見れば、いくらでも解決可能です。資本が必要な北側と労働力が必要な南側の問題として考えればいいからです。賃金の問題にしても、実は、始めるときは北朝鮮の方が大胆に譲歩したと聞きました。南側では初期の賃金を一人当たり七十五ドルと提示したのですが、北側がむしろ「そうしたら進出する企業に利点がないから大幅に譲歩して五十ドルから始めましょう」と言ったそうです。

カン　キムジニャン教授の話によれば、最初に開城工団を作るとき基本賃金の水準は二百〜三百ドル程度で交渉を始めたそうです。ところが金正日《キムジョンイル》国防委員長が電撃的に五十ドルにするようにと指示してそのように決定したというのです。北側が開城工団を金ヅルや外貨稼ぎ程度に考えていたならば、ありえない論理です。

「妬み」と「自尊心」の間で……

司会　話題を変えましょう。南北の格差は現実的に存在しているのですが、語り手たちはそのような格差がずいぶん解消したと感じるのか、あるいは相変わらず距離感を持っているのか知りたいですね。

イ　北側の人々は南側に対して妬みの感情があると言います。南側が裕福な暮らしをしていることはすでに知っているのですが、「自尊心」のせいで正面から認めようとはしないと言うのです。その代わり、自分たちは自分たちの道を行くということを強調して、韓国社会の否定的な報道内容——例えばバラバラ殺人事件——を通して自分たちの道徳的な優越感を表す発言をするとも聞きました。

イ　そのようなことを比較優位と言うんでしょうか。いかなる国家や民族、さらには個人さえも、長所と短所があるのですが、そのような事実を認めれば客観的な評価が可能ではないかと思います。もちろん南北間の軍事的な対立が厳然と残っている状況では、単なる理想的な考えにすぎないでしょうが。

カン　「個人主義と集団主義、それを理解するのに五年かかった」という方の話が思い出されます。それを理解できなければ、工団でやっていけないということもおっしゃっていました。その方によれば、最近はＣＩＱ（入出境待機所）を通過することがずいぶん自然になったそうです。「関係」には相互作用があって、南側の職員が自然に振る舞うようになるまでの過程に時間が必要なように、北側の労働者たちもやはり自然に振る舞うようになるには、それだけの時間が必要なのです。

キム　我々は北側の労働者たちの整形手術の話にも驚いたし、彼らが楽しむという19禁（日本での〝R18〟にあたる）の冗談にもびっくりしました。戦争の準備を楽しむ戦士の姿ばかり想像していただけで、我々と同じように生きている人間だということまで感じられないでいたからです。語り手にひょっとして体制を超えて交流や共感を感じる人がいたかを聞いたとき、そのような人たちは間違いなくいたと答えます。そのような交流が可能ならば、温かい血の通う人間同士、通じ合えないわけがないと思いました。我々が出す本もそのようなことを広く知らしめるのに力になればと思います。

イ　人々の外国旅行記を見ると、先進国に行ったら主に新しい文物に対する感嘆が多く、後進国に行ったときは理解できないことがあまりにも多いといったふうの反応が主になりますね。文化的な差異は「違い」であって「間違い」ではないのに、あまりにも我々の見方で北朝鮮を裁こうとする傾向があるのではないかと私もやはり反省します。

カン　政界やマスコミでは主にＧＤＰ（国民総生産）や軍事力中心に国家の順位を決めることが多いのですが、そのような定量的な分析を通しては幸福の順位を決めることはできないと思います。もちろん、指標にはなるでしょうが、物質的により豊かだからといって必ずしもより幸福であるとは言えないでしょう。

イ　ブータンのような国ではだからＧＤＰの代わりにＧＮＨ（国民総幸福量）のような新しい指標を提示したりもしていますよね。

司会　私たちも知っているように、ブータンという国のＧＤＰは北側よりも高くありません。統計上の指標だけみれば、ブータンよりも北朝鮮のほうがもっと幸福な国にならなければならないのに、現実はそうなっていないのが残念です。

イ　二つの互いに異なる文化が接触する過程が急激だと、激変、あるいは変動でしょうが、徐々に進行するならば改革であり、革新です。南北関係でそのような役割を果たす場所が開城工団なわけです。そのような工団を通して、意思疎通の場が少しずつ広がっていかなければなりません。集団であれ、個人であれ、相対性の観点から誤った枠組みは壊されなければならないのではないでしょうか。

カン　マスコミや開城工団の企業関係者の目を通してではなく、北側の人々の生活様式と価値観、考え方、生活の方式を知ってみなければならないと思いました。

キム　インタビューをしてみて、自然と北側や統一問題に多くの関心を持つようになりましたね。重要なことは、私にまでは変化が起きたが、これを周囲に広げる過程は思ったよりも易しくないということです。

イ　開城工団の閉鎖措置に見舞われた方が、開城工団についての応援メッセージをネットに載せたら、とてつもない反対コメントが来て、結局放棄したと言っていました。韓国社会は「北」と言えば無条件に敵視してやっつける反北感情が激しいようです。ある方はこんな現象を「北盲」と言っていました。

カン　私はノーベル平和賞を故鄭周永《チョンジュヨン》会長〔一九一五〜二〇〇一。現代《ヒョンデ》グループの創業者〕がもらうべきだったのではないかと思います。南と北が言葉だけで統一を語っているとき、具体的な方法を提示して一肌脱いだじゃないですか。直接牛を引き連れて北を訪問したし、北側の金正日委員長と向かい合って、「金剛山《クムガンサン》観光」のような骨太の仕事もしました。今の開城工団も結局は鄭周永会長の作品だと考えます。

少しでも開城工団で働いている人々の力になる本

司会　今までの話を整理しつつ、まとめのご発言を一言ずつお願いしたいのですが。この本が韓国社会にどんな影響を与えたらいい、あるいはこんな役割をしたらいい、という願いもあわせて話してくださるとうれしいです。

イ　私は今度の本の出版が「南と北の隙間を打破し、偏見を打破し、事実を記録する役割」を忠実に行ってくれたらと願っています。南北が対峙しながら武力で競争して対決する状況が今日まで非常に厳然と続いています。この本がこのような冷たい対立を打破する希望の種となり、実を結ぶことができたらうれしいです。

カン　私はこの本が開城工団に進出しようとする企業経営者ばかりでなく、南北間の経済協力の新しいモデルを作っていく糸口になったらと思います。今までは単純な賃加工や基礎産業を主とする進出に限られていたとすれば、第三国に生産ラインを造りたがっている国内のすべての企業に開城工団はこのようによい条件を持っているということを知らせ、投資を促す役割を果たしてほしいです。それに加えて次の世代を背負うたくさんの若者たちが読んで、統一に対する具体的なビジョンを描いてくれたらと思います。

キム　開城工団で働いている方を除けば、開城工団について知っている人はごく少数だと思います。そんなわけで大多数の国民には開城工団で起きていることは現実として感じられないようです。「お前たちの始まりは微弱だが終わりは壮大であるだろう」（「過去のあなたは小さなものであったが　未来のあなたは非常に大きくなるであろう」ヨブ記八章七節）という聖書の言葉のように、開城工団ばかりでなく、南北間の経済協力を扱う続編が出続けてくれればと思います。また、この本は微弱だが、南北交流の窓口であり、希望となる開城工団で働く人々に少しでも力になればと思います。

司会　この本の企画過程から、今日この本の仕上げ段階として提案された作家対談まで、二年近くかかりました。その速度はあたかも今日の南北関係の進行速度にも似ています。ゆっくり進行してきましたが、ついにこの本が完成したように、南と北の関係改善もいつかは結実するだろうと信じます。ともかくこの本が統一に到るまでの過程において、小さいけれども意味のある役割をしてくれたらと思います。作家の皆さん、長い時間お疲れ様でした。

一同　お疲れ様でした。みなさん、ありがとうございました。

開城から来た手紙

2

キムジニャン

違いを違いとして受け入れるその日まで

二〇一〇年二月二十六日――タクシー運転手の誤解、「スパイじゃないの?」

会議を行うため、ソウルの統一省に出張する途中、開城《ケソン》工団から北側のCIQ（出入国事務所）を過ぎてMDL（軍事境界線）とDMZ（非武装地帯）の上を気持ちよく貫いた道路を過ぎ、韓国側の通門を越えた。

急な日程のため、一山《イルサン》からタクシーに乗った。ソウルに入る自由路、ソウル市内を東から西に横切って流れ、金浦《キムポ》と一山付近で再び北のほうに流れる漢江《ハンガン》を見ていて、突然確認しなければならないことを思いついて携帯電話で北側の開城工団の管理委員会に電話をした。

呼び出し音が鳴る。「ツー、ツー」きっかり二回鳴ると、北側の女子職員の○○さんが電話を取る。いつものように優しい北側の女性の鼻声交じりの言葉で、「は～い、管理委員会で～す」と答える。

「ああ、○○トンム。私は部長のキムだが、○課長にちょっと代わって」

「はい、部長さま。少しお待ちください」

しばらくして、○課長が出る。

「はい、○課長です」

「あー、○課長さん……」


長い通話を終えて電話を切ると、なにやらおかしな雰囲気を感じる。案の定タクシーの運転手が怪訝そうに私をちらちらと見ている。冗談めかしに私が先に声をかける。

（深刻な顔をして）「運転手さん、そうです。私は北から来た人間です」

「ええっ！」運転手は信じられないというように仰天した目でルームミラーを見つめる。

「私は北から来た人間ですって。北に税金を払い、北からやってきた人間」

（ひどく怯えた様子で）「それは……それはどういうお話なのか……。ご冗談でしょう？　へへ」

「いや、本当に北から来た人間なんですけど……。私は開城工団にいる人間なんです。今開城工団の事務室の職員と電話したんです。開城工団ですよ！」

「ああ、開城工団ですか。ここからでも北側に直接電話できるんですね？　まじでびっくりしましたよ。〝スパイの申告をしなきゃいけないかな〟とか……〝タクシーをとめなきゃいけないかな〃とか……あることないこと、いろいろ考えましたよ」

そのときやっと運転手は偉大な救世主にでも会ったかのようにホッと笑って私を見る。

「ははは。すみません。開城工団で北側と南側の人々が混じり合って長く生活していると言葉遣いも互いに似てくるんですよ。突然〃トンム〃という言葉を使ってごめんなさい。ははは」

「はいびっくりしました。本当にスパイを乗せたのかと思いましたよ。ああ、寿命が十年縮んだわ」

南側に来ればそのように開城工団での日常をはたき落とすために、ちょっと緊張しなければならない。また開城工団に入れば南側の基準や価値観、考え方を一般化しないために、また緊張しなければならない。南と北はそのように互いに違うことが多い。その違いは結局寛容と包容、分かち合いと配慮のもとで共に尊重されなければならない。違いと差異の美しい共存！タクシーの窓の外には、簡単ではない千々に乱れた心が、北へ流れる漢江の流れの向こうにかかっていた。

二〇〇八年三月十七日――開城工団マイノク！

おそらく、にこやかな笑顔で母親、父親に挨拶して妹、弟たちにも手を振って、夜明けの道を出て来ただろう。三月はじめのまだ冷たい夜明けの風をかき分けて、遠く開城市《ケソン》龍岫山《リョンスサン》の丘を越えて一息に走ってくることができる距離の希望の職場に向かって、マイノクは明け方の春の日差しがやっと差し始める開城工団に向かったことだろう。

夢多き二十代、一か月の月給五十二・五ドル。社会文化施策金三十パーセントを控除すれば三十六・七五ドル。その金で十分に家族全員を幸せにすることができるから、二十代の華やいだ青春を果てしなく回り続けるベルトコンベヤーに喜んで載せることができたのだ。

南側から搬入した古びた四十五人乗りの中古バス、夜明けの冷たい風を避けようと百人余りがくしゃくしゃになりながら乗ったもやし栽培バケツのような出勤バスでも、みんなが一緒にくしゃくしゃになっているからそれなりに幸福に満ちていた。

月曜日の出勤途中。いつもよりたくさんの人が乗り、出勤時間は遅れがちになる。人々がぎっしり入った息詰まる狭い空間を脱出するように抜け出して、遅れを取り戻そうとバスから降りるや否や、前後をよく見ないで慌ててあのように道路の真ん中に飛び出してしまったのだろう。

何歩歩いただろうか。突然現れたもう一台の出勤バスが家ほどの大きさの岩山となり、イノクの体を虚空に飛ばし、霊魂と体は飛ばされて四方に散った。華やいだ二十代の青春の夢は、粉々に、そのように跡形もなく、「脳挫傷頭蓋骨骨折」によって飛び散ってしまった。開城工団に就職してすごく幸せそうにしていたという、花のように綺麗だったイノクは、結婚する予定だった悲しいボーイフレンドを涙にくれさせたまま、そのように二十八年の悲しい人生を終えた。

二〇〇八年四月十五日――開城工団の四・一五太陽節の朝

北側の最大の記念日、四・一五太陽節の朝。夜明けの空気をかき分けて、開城《ケソン》工団百万坪の境界である緑のフェンスを道連れにして工団全体を一回りする。白っぽい朝霧の隙間に手を伸ばすと触《さわ》れそうな近くに人共旗〔北朝鮮国旗〕が高く掲げられた機井洞《キジョンドン》集落がかすかに目に入ってくる。工団に隣接した村々は早朝の忙しさを見せ、鶏の鳴き声と村の犬たちがわんわん吠える声が、南であれ北であれ誰にでもある幼い頃の故郷にそっくりのような気がする。

工団の外の警備兵がいる場所では、冷たい明け方を疲れた体で走ってきたであろう人民軍の歩哨兵の憔悴した顔が、ぼんやりと見慣れない人間を見ていて、刹那の緊張感を発動させた異邦人の早朝散歩が妙に申し訳なく、軽い黙礼をして気まずい思いで通り過ぎる。どこからついてきたのだろうか。早朝から一羽のヒバリが空高く舞って一人で歩く散歩を退屈させない。

どれくらい歩いただろうか。工団と隣接している北側の学校の建物の中から、生徒たちの歌声が聞こえてくる。四・一五太陽節の行事の準備に懸命な様子だ。校舎の玄関の入り口に強烈なイメージの赤い字がはっきり書かれている。

「朝鮮のために学ぼう！」

しばらく歩みを止めて工団の向こうの山と野原をじっと見つめると、そこにも春を迎えるレンギョウとツツジが咲き誇っているのだが、工団の内と外を隔てている緑のフェンスをつかんで立っている心が、なぜかわからない深い悲しみでひりひりと広がっていく。その悲しみをそうっとなだめでもするかのように、南側の臺城洞《テソンドン》集落〔自由の村。非武装地帯にあり、特別に民間人の居住が許可されている〕の太極旗の上に、黎明を赤く染めて登った太陽が希望に満ちた開城の新しい朝を開け放つ。

二〇〇八年六月十三日――六・一五 八周年、北側の招待

六・一五宣言から八周年となる年である。開城《ケソン》工団の北側の機関である中央特区開発指導総局は毎年六・一五記念日に合わせて工団の南側の主要機関の関係者たちを招請して記念の食事を振る舞っていた。今年は六・一五がちょうど日曜日なので金曜日の今日、昼食を共にした。

北側の当局者たちと南側の管理委員会、そして関連機関の代表たちが鳳東《ポンドン》館に集まって席を共にした。しかし雰囲気は以前のように楽しくはない。李明博《イミョンパク》政権の登場以来、はじめて迎える六・一五なので、多少落ち着かない様子……。南北関係が対立の局面に入って開城工団の管理当局も互いに神経を使うことが一つや二つではない。昨年の一〇・四宣言でも六・一五に合

わせて南北が共同記念行事を毎年持つことに合意したのだが、新政府は六・一五と一〇・四宣言を実質的に否定しており、北側は合意の履行を求め、不快な気分を隠さない。

私の前と横の席にはすべて北側の当局者たちが座ったがよそよそしく、雰囲気作りをする人はいない。気をつかって酒を勧め、乾杯をしながら雰囲気作りをした。

「○参事サン、私の酒を一杯どうぞ。私があげる酒はおいしいですよ」

「キム部長サン、一つ聞きますが、南側の当局はどうして六・一五を否定するのですか。開城工団をやる気が本当にあるにはあるんですか?」

ちょっと酔いが回った北側の○参事が到底理解できないというように言う。

「○参事、もう結構、やめましょう。酒でも飲んで。どうしても知りたければ直接行って聞いてみてよ。さあ、六・一五に乾杯!」

「いや、そうじゃないか。全く……理解できない、理解が! 部長サンももどかしいのは我々と同じだろうよ。わかりますよ、わかる。それにしても合意書に署名までした寄宿舎と託児所は造ることは造るんだろうね?」

「果たして造るだろうか? 果たして造れるだろうか? 造れるとしたら何も心配ないだろうに。酒でもグーッとやってください。そんな頭の痛い話はしないで、さあ、グーッと」

そのときすぐ前に座って静かに酒ばかり飲んでいた△参事が、静かに私だけに聞こえるように食卓の下に目をやりながら話し始める。

「部長サン！　我々の共和国が一体どうしたら開城工団が正常化されると思う？　私の考えでは、もう南側の新政府はダメみたいだ。彼らは最初から開城工団も六・一五も一〇・四もすべて否定したかったんだよ。我々の共和国を何としても取って食おうというとんでもない妄想に取り付かれているというわけさ。これから対決はもっと酷くなるだろうよ。見ててごらん。部長サン、あんまり頑張りなさんな」

わざと大したことはないというように、受け入れるふりをしながらも、内心は本当に重苦しかった。その通りだった。あからさまに話はしなくても彼らはすでにすべての分析と評価を終えていた。私は何も言うことができなかった。彼らに酒を一杯注いでやりながら、うなずくばかりだった。

会が終わって鳳東館から管理委員会まで一人で歩いた。工団の東西南北に延びている大通りの周りにはいくつかの造りかけの工場が放置されている。真夏の陽気に道路と歩道のブロックの間には雑草が生い茂っていた。政府は開城工団関連の予算を削減し始めた。工団の管理に係る予算を減らせば、管理は当然おろそかになる。雑草が生い茂り始めた開城工団の姿がそのすべてを反証していた。

開城工団はすでに洛東江《ナクトンガン》の鴨の卵〔のけ者〕扱いだ。借りてきた猫状態だ。醜いアヒルの子状態だ。その中で生きて行くすべての企業と南北の平和、統一の担い手たちもみなそれと同じ境遇だ。今の私の境遇でもある。

＊行事があった数日後、政府は当日開城工団で南北の両機関が開いた六・一五記念合同食事会を不適切な行為だとみなし、かまびすしかった。統一省の次官出身の管理委員長はただ力なく笑った。これ以降北側の当局者との公式的な食事はすべて禁止された。

二〇〇八年十月十五日——秋、開城の一日

工団の秋はいつ、どこの秋よりも深い印象で迫ってくる。一日の気温差が大きい地域的な特性のせいか、毎日朝霧が立ち込める灰色の波の向こうにひんやりした夜明けの空気が工団の住宅の窓の隙間をかき分けて入ってくる。

朝の散歩がてら工団の道を歩く。出勤バスから降りて会社に向かっている途中の、一群の北側の女性労働者たちに出会い、「おはようございます」とにこやかに挨拶をすれば、何がそんなに恥ずかしいのか、ちょっとうつむき赤く上気した顔で、挨拶に代えて恥ずかしそうに微笑む。昨年造成してはじめて迎えた工団内の「民族公園」の秋も、イチョウ、モミジ、アンズ、ウメ、クヌギの群落ごとに色とりどりにそれぞれの秋支度を急いでいる。

公園の管理事務所のうしろには、この前の春に北側の「鶏卵」（北側では〝달걀《タルギャル》〟を〝닭알《タルガル》〟あ

るいは〝닭알《タガル》〟と言う）を買い求めて、孵化器に入れて育てたヒヨコが、いつの間にか雄鶏になり、夜明けの空気をつんざいて力強く鳴く声を聞かせてくれる。民族公園の池に放った錦鯉も、その後一期、二期、三期の開城《ケソン》工団を本籍地とする意味深い新しい生命を育てている。

今まさに出勤したばかりの北側の公園管理人が、うれしそうに頭をかきながら、恥ずかしそうに挨拶をしてきて、喜んでそれに答え思わず出てしまった「おはようございます！　朝ごはん召し上がりましたか」という慣用的な挨拶言葉に自分自身が驚いて、ちょっとしまったとバツの悪い思いをする。

公園を一周回って事務室に帰ってくる途中、朝ごはんの代わりに牛乳を買いがてらマートに寄ると、北側の可愛らしい女性従業員のウンシムトンムが喜んで迎えてくれ、温かく微笑んでくれる。女性の名前のような私の名前が今でも不思議だ、と今日も私の名札を見て首をかしげてにっこりと笑う。

マートから出てきて開城工団の管理委員会の事務室に向かう道で、ウリ銀行の開城工団支店に勤務している北側の女性職員のチュンシルトンム、ウンジュトンムがほうきを持ったまま、軽くうれしそうに黙礼をする。管理委員会の事務室の入り口。早くから出勤して雑巾がけをするのにせわしい北側の女性職員のチノクとヒャンイにも、にこやかに挨拶してちょっと席の離れたソルギョンとクミにも目で挨拶してうれしそうに黙礼する。

午前中ずっと工団の入居企業の請願業務に追われていたが、一時間あまり北側の官僚たちとの懸案に関する協議のために会議を開く。会議室の正面の壁には金日成《キムイルソン》主席と金正日《キムジョンイル》国防委員長の写真が並んでかかっている。このように、ここは厳然たる北側の土地、北側の法と主権が行使される開城工業地区である。

午後には請願を行った入居企業の法人代表たちとの面談を終えて、障害となる点と建議事項をまとめて工場内の生産現場の北側の従業員たちを見回る。休みなく回り続けるベルトコンベヤー工程の作業台に乗って、一緒に回る工程を一日に百回あまり回って、休みなく生産に没頭している彼女たちは、一九七〇~八〇年代の南側のどこででも見ることができた近代化、産業化の働き手であった我々の姉さんたちの蒼白な姿に似て、目頭を熱くさせる。

まだ明るい夕方、北側の職員が奉仕している工団の理髪店に寄り、一か月ぶりに北側の職員が心を込めて切ってくれる理髪奉仕を慣れた感じで受けながらじっくり考えてみる。

「散髪する順序も、どうしてこんな風に南北全く同じなんだろうか」

理髪店を出て、赤黒く燃える西の空の夕焼けを眺めていると、遠く技術教育センターの前に並んだ数十台の北側の労働者用の通勤バスの行列と、バスから降りて帰り道を急ぐ数千名の群衆が群舞のように美しい。その群舞は言葉で表現することができない躍動的な壮観であり、この上なく美しい激情的な感激で、胸が熱くなる誇らしさとなって開城工団の秋の一日を鮮やかに彩る。

二〇一〇年四月二十五日——工団の日曜日、人民軍創建日

四月の最後の日曜日、当直の責任者である。今日は北側の人民軍創建日だ。遅咲きのレンギョウが咲き始めた道を遠くまで歩いてみる。いつもの年よりも遅く訪れた暖かい春の日差しを受けて、工団と接している北の田んぼや野原、山腹のそこここでは、少なからぬ北側の人々が朝早くから犁《すき》で田畑を耕すのに忙しく動いている。水がはられた田んぼの底ではカエルの鳴き声がひときわうるさく、田んぼや畑の畔をとびまわる北側の少年たちの手と肩には鎌、網袋のようなものが見える。春の山菜を採っている幼い女の子たちの姿も、田すきに疲れた牛の様子も、幼い頃の私の故郷、大邱《テグ》の達城《タルソン》の様子とあまりにも似ていることを確認して驚く。

鳳東《ポンドン》に向かう埃まみれの新しい道路には人と自転車の行列が続いていて、それぞれ風呂敷包みを頭に載せたり、背負ったり、乗せたりして休みなく忙しく動いている。小川では五、六人の一群の子供たちが、メダカやドジョウでも捕まえるようにドボンドボンとあちこち走り回って、草むらの隅々まで無駄足を踏みながら魚たちを追いかけている。

春の日差しを暖かく浴びながらゆっくりと散歩がてら歩くと、三十年余り前の幼い頃の姿が知らぬ間に少しずつ深い懐かしさとなってついてきて、北側の同胞たちの平和な春の日の情感

溢れた姿が私の平和となって伝わってくる。

遠く山の尾根の上、バレーボールをしている北側の軍人たちの〝よいしょ、よいしょ〟という歓声だけが、今日が人民軍の創建日だということを繰り返し教えてくれる。風一つない暖かい春の日差しが、開城工団と近隣の北の地のすべての世界の大自然をかき抱いて、地面から、小川から、木々から、緑の新しい命を蠢《うごめ》かせている。

二〇〇八年四月四日――北側学び：清明の日の断想

北側の協力部のキム参事が少し困った表情で言う。来る金曜日の「清明の日」が国家の休日に指定されたと。三日前の最高人民会議の常任委員会の決定に従って国家全体が休むということを平壌《ピョンヤン》から今日通報されたと言う。

何という青天の霹靂《へきれき》？　入居企業は生産計画に合わせて週別、月別の生産勤務日程をすべて組み終えているはずなのに、たった四日前に国家の休日指定とは？　北ではそのように突然国家の休日指定が通報されたりもするだと？

国家の官僚である本人も今日になってはじめて通報されたそうだから、工場にいる北側の労働者たちはまだ誰も知らないだろうと言う。今日の午後に正式に知らせると言う。

私は「我々の基準」では理解することができない、どうして人民が知らない国家の休日があり得て、それを数日前にやっと人民に話すことがあり得るのか、「常識」的には理解できないと強く抗議した。そのとき振り返って、しまった、また失敗したことに気づく。「私にとっての常識は彼らにとっては常識でない可能性がある！」「私の常識が彼らにとっては非常識にもなり得るんだ！」

案の定、すぐに返ってくる。

「いや、キム部長サン、あなたの常識とは何ですか。我々の体制では、上部が決定すれば二日前にでも連絡が来ることがあり得るし、今日すぐにでも連絡が来て国家の休日だということもあるんです。常識と非常識の基準は何だと言うんでしょう？」

今日もまたこのように正しい、間違いだとぶつかり合いながら互いを学んでいる。南北間の文化の違い、行政の違い、経済の違い、政治の違い……その水準の違いは自明であるが、私が彼らにこれは正しくてこれは間違いだと言うことができることは何もない。道徳的な基準、倫理的な基準、社会慣習的な基準、行政手続き上の基準などの基準自体が違うことがあり得るので、常に心の準備をしておかなければならない。

本当に南北が相互尊重と共存共栄という未来の希望を共に作っていくためには、私にとって正しいことが彼らにとっては間違いになり得るし、彼らにとって正しいことが私にとっては間違いにもなり得るということを受け入れなければならない。このすべては違いである。違いの共存である。そのように互いの「違い」が日常的に共に共存しているのである。にもかかわらず希望を育てることができるのは、共有することができる同質性の方が絶対的に多いということだ。このようにまた一日北側についての勉強が積み上げられていく。

北側についての勉強の最初の心得、急がず、忍耐力を持って、自分の主観的な価値判断を一旦取り下げろ、ということ、毎日毎日繰り返し言い聞かせる教訓である。

二〇〇八年五月一日——開城工団の島村運動会

五月一日は労働者の日である。南側ではメーデーと言い、北側では通常「五・一節」あるいは「労働節」と言う。南北の休日が同じになることは稀なのだが、この日はそうである。

管理委員会の主管で、開城工団にある南側の駐在員たちを対象に体育大会をする。早くから準備した行事ではないにもかかわらず、工場の休みの日、特にすることもない状況なので、参加率はかなり高い方だ。彼らは工団の百万坪を抜け出すことはできない。だから開城工団では体育大会自体が大変な見ものである。入居企業ごとに自分たちで作った製品を賛助品として供出し、チームも分けて、酒や肉を用意するなど、互いにうまく協力してやっている。

南側で見ることのできる一般的な体育行事のように無秩序ではない。開会式のときも、閉会式のときも、ほとんど同じ数の参加者たちが席を立たずに参加する。実は行事が終わってからどこか他の場所に行くことも、他にすることもないからである。食堂も飲み屋も似たようなものだし、工場と工場内の宿舎、食堂や飲み屋に出入りして出会う人々も皆同じだ。

久しぶりに一日中走って、食べ物と酒を分かち合う間に見違えるように親しくなった人々は、誰からともなく肩を組み、酒の勢いで勇ましい提案も飛び交う。まるで一九七〇〜八〇年代の韓国の田舎の小学校の秋の運動会のようだ。

夕闇の帳《とばり》が下りる時間まで席を立つことができず、もっといたい気持ちをなだめすかして「体育大会をもっとやろう」と確認しあって席を立つ人々を見ながら抱いた、開城工団体育大会の言葉に表せない奇妙な断想である。開城は皆、孤独な人々が集まった孤独な島である。

二〇〇九年一月二十三日――開城工団のお正月

北側の人々は秋夕《チュソク》よりも正月の方をより大きな行事と考えているようだ。秋夕は休日が一日だが、正月は三日以上休む（二〇一四年の秋夕は北側も三日休んだ。全般的に経済が上向いているという兆候だ）。実を言うと、秋夕は秋の収穫の季節なので、何せ忙しくて短くしかできないという。

北側の人々の正月の様子は、南側と大きく異なるところがない。朝起きて両親に新年の挨拶をし、ご先祖様にお供えをし、村を回って大人たちに新年の挨拶をし、子供たちはチェギ蹴り・こままわし・凧揚げ・氷上のソリ滑りで寒さも忘れて楽しく過ごす。足りなくはあるが、少しずつ準備したプレゼントを各家で配り、あちこちの家を訪ね歩いて新年の挨拶もし、食べ物もおすそ分けしながら久しぶりの正月を少しは豊かに過ごす。

男たちには「元日（ソルラル）は酒の日（スルラル）だ」という慣用句があるほど、北の男たちは一日中酒である。この家、あの家、友達の家、職場の同僚の家にまで集まりさえすれば、酒宴になって「男たちはまったく元日は酒の日よね、もう〜！」ということを再確認させてくれる。しかし北側の女性たちはそんな男の面倒を見るためにあちこち酒の席を設けて片付けるのに忙しい。ところで面白いのは北側の女性たちは南側の主婦たちのように正月のストレスで辛そうにしたりはしないようだということだ。むしろ楽しんでうれしいことだと感じる。少なくとも、言葉ではそう言う。本当の内心はわからないが。信じてやるしかない。

今日は開城工団で迎える元日だ。残っている南側の駐在員たちだけで合同の祭礼を執り行い、一緒に準備したお雑煮と食べ物を分け合って食べて、開城の地でも元日は元日であることを互いに確認する、久しぶりののんびりした時間だ。

二〇〇九年四月二十一日——昨晩眠れずに寝返りを繰り返した理由は

普段も風が強い開城《ケソン》であるが、昨夜は特に強い風雨がずっと窓を打ち付けていた。夢の中で、生前の父が私を叱るように怒鳴りつけ、そのあとで愛する妻が悲しい表情で私を見つめ、同僚たちはもうもうとしたタバコの煙ごしに私をじろじろ見ながら非難した。

夜明けの四時。そんなふうに目覚めて、ぼやけていく黎明の白っぽい雲、その空を迎えるときまでぼんやりとベッドに座っていた。父に会いたかった。妻に会いたかった。愛する人たちに会いたかった。

一年六か月ぶりに南北の政府間対話のために南側から当局者たちが開城に入ってきた。いかなる形であれ、今日一日でこの一週間走り回った努力の結論が出るだろう。

九時に入ってきた当局者たちは、連絡官の接触をしただけで、その後ににらみ合いを続けている。会議場所、議題、参加者……。会えばすべて自然にわかる内容について互いに譲らない。一日中南側の連絡官代表となってあちこち駆けずり回りながら南と北をつないだ。開城に入って十時間ぶりについに公式の面談が成立したが、二十分で終わってしまった。十一時間経った後、南北は平壌《ピョンヤン》とソウルに帰って行った。

夜の十二時を過ぎて帰ってきた部屋で、無力でしかなかった自分を反芻してみた。

「俺はうまくやっているのか？」

南北の終わりなき不信の連鎖の中で私は何もすることができず、何も言うことができなかった。ひとりで何かしでかすように出しゃばることもできなかった。昨夜、眠れずに寝返りを繰り返しながら会った父、妻、職員たちの視線がいきなり現実となって私の眼の前に立っていた。

二〇〇九年七月七日——医薬品の伝達

ここでは未だにたくさんのものが不足している。特に困るのが医薬品だ。風邪薬、鎮痛剤、抗生剤……さらには虫刺されの薬すらない。ただ心がヒリヒリとして悲しくもあるし、悲痛でもあるし、物悲しくなりもするし、それでいてなんだかわからないこみ上げる怒りを抑えることができずに、さらに辛くなる。食の問題ならどうにかしてそれなりの体系の中で持ちこたえられるが、医薬品はそういうわけにはいかない。

南側から支援を受けた医薬品を今日伝達した。これほど喜ばしいことはない。食べるものや着るものや他の何かだったら、受け取る大義名分を探さなければならないし、受け取る過程の透明性を保証されなければならないし、あれこれ互いに神経を使うことがちょっとやそっとではないが、医薬品はすぐに受け渡しができるばかりでなく、本当に使い道が多い。だから医薬品は無条件に受け取って感謝してくれるし、無条件に受け取ってもらえてありがたい。

我々が渡した医薬品は開城《ケソン》市の人民病院や薬品供給所に行くことになるだろう。医者の処方がなければ使用できない専門医薬品なので、少なくとも中間で消えることはない。どのような形であれ、北側の同胞が使うことになる薬品である。それだけでも、耐えられなかった悲しみと辛さ、怒りを少しの間だけ鎮めて、彼らも我々とまったく同じ人間であり、同胞であることを身にしみて感じることができる。

二〇〇九年八月十九日——社会的水準と文化の衝突

「キム部長サンが担当している仕事は何ですか」

「この程度の仕事は掌握していなければならないんじゃないですか」

「企業支援部がまともに掌握できていないから、こんな法律違反が出てくるんじゃないですか」

「開城《ケソン》で事業を始めてから、一日や二日じゃないんですから、こんなことも理解できないようでは困りますね」

「もう開城に戻りたくないんですか」

はじめて会う北側の官僚が部下を叱るように言う。すでに様々な事業で悪い評判を数限りなく撒き散らしたという噂の人物が、言いたいようにわめき散らしている。生活の水準が後進的であるほど、社会の行政体系の文化も後進的にならざるを得ない。もちろん私の基準である。衣食住の問題が困難であれば倫理と道徳、秩序と体系もまた後進的にならざるを得ないのか。訓戒は耳に入らず、学者的な分析ばかり次々と頭を巡る。

一つ確実なのは、北側は今我々が認めようが認めまいが、アメリカからの攻撃の危険性、戦争の危険性を深刻に認識して、国家の全力量を動員してその戦争に備えているということである。このような準戦時的な国家準備態勢は、彼らにとって日常的な状況である。ただ我々が認識できないでいるだけ。その中で少なからず国民の基本的権利が制約を受けている。けれどもその制約は、我々の基準で見た場合の制約である。当の彼ら自身は制約と受け取っていない。

それも「違い」である。体制と社会構造、文化をまともに理解しなければ、一歩も理解できない場所がまさに北側である。一九七〇～八〇年代の開発独裁時代の各種の汚職の温床だった官僚組織、ちょうどそのレベルの北側の官僚が、特別な感情もなく北側の社会の研究にだけ関心がある南側の官僚、官僚と言うより学者を教えさとすように恐喝、脅迫する。

「開城に戻って来たくなければそんなふうに事業なさい」と。

真心を込めて、ゆっくりと、静かに微笑を浮かべたまま、きちんと順序立てて話す。

「〇参事、このまま南側に追放してくれないだろうか。そうでなくても開城工団をやめたかったんだが、ちょうど良かった。〇参事、私を必ず南側に追放してくれ……」と心から切実に訴える。頭の先まで怒りがこみ上げた〇参事は、ドアをバタンと閉めて自分の足で出て行ってしまう。

前はあんなに良かったのに、南北関係が敵対的 - 対立的になってから開城工団の南北の官吏たちの関係は、こんなふうに小さなことでもしょっちゅうぶつかる。心中は同じだ。ただ、上部の立場を伝達しなければならない立場では、争うしかないのである。これが否定することができない開城工団の現実である。

二〇〇九年九月一日──託児所、集合住宅型工場

もどかしい。三年間協議して、すでに結論も出て、合意もなされた開城《ケソン》工団の託児所の建設支援協定。北側は南側当局が要求した条件をすでにすべて聞き入れたのに、南側は何の理由もなく託児所の建設を一日一日引き延ばしている。

約束は守るべきなのではないだろうか。執拗に政府当局を説得してみるが、いくら言っても待てとしか言わない。この二年間託児所の交渉を担当してきた私自身までも今や北側の人々の前で言うべき言葉がない。この二年間話にならない条件をつけて、韓国政府は管理委員会にすべての荷を負わせ、すべての非難は管理委員会の交渉代表である私が浴びればいいというふうにのらりくらりと避けてきて、北側が〝すべてのことを南側の要求通りにする〟と大きく譲歩すると、今度は我関せずと対策なしに突っ張っている。むしろ造ってやれない、約束された合意は破棄すると正直に言った方がいいのに……。本当に悪い。最低の礼儀すら知らない本当に悪い人たちだ。

管理委員会の集合住宅型工場。十か月前に竣工しておいて、入居を希望する業者が数十回も

管理委員会を訪ねてきて分譲を要請しても、政府はとにかく待てとしか言わない。その間の減価償却費と管理費、維持費は？　無償譲与はすべてしておいて、どういう腹積もりなのか、賃貸分譲はとにかく待てとしか言わない。何というごり押しか、訳がわからない。ただ情けないばかりである。

これ以上何を言う必要があろうか。何とか名分を探して開城工団を閉じたいのが本音なのだ。すでに知っている人は皆知っている。この政府になって毎日退歩していく開城工団。その本質的な現実がそうである。平和と民族史に対して罪を犯している。後世に対して罪を犯しているのである。

二〇一一年七月二十五日――開城工団を離れて

「キム部長サン、本当に出て行くのですか」

「ハハ、そうですとも。行かなくちゃ……。出て行かなくちゃ。いつまでも開城《ケソン》にばかりいるわけにはいかないじゃないですか！」

「そうか〜、キム部長サンが出ていけば、何かちょっと変わりますかね？」

「ハハ、大きく変わるわけないでしょう。歴史の流れに落ち葉を一枚浮かべる心情で行くんですよ。変化が必要なところで米粒ほどの役割でも果たそうとしているだけです」

「落ち葉、米粒…。何だってそんなこと言うのですか。開城工団はどうするんですか？」

「部長さんも知っての通り、私がいようがいまいが工団はいつ命脈が絶たれるかもしれない重症患者じゃないですか。どちらか一方が酸素呼吸器を外しさえすれば、すぐに死んでしまうのだから、死なないように根本的に環境を変えなくちゃならないでしょう」

「キム部長サンが行くというなら行くしかないでしょうが、みんな心が千々に乱れているのは事実です」

「え……心が？　そんな、いるときによくしてくれたらいいのに。あんまりそう言わないでください。本当にやっとの思いで決めたんですから」

開城工団で働き始めて四年で工団の仕事を整理することにした。心の中では長い間準備したが、いざ発とうとすると、忘れられず気にかかる人が一人や二人ではない。

プ総局長、ユン部長、ウォン参事、ユ所長、マン所長、ファン参事、パク課長、ロ課長、ハン課長、キム課長、パク参事……。四年間それぞれ別の分野で数限りない業務協議と交渉をした北側の当局の関係者たち……。共に警戒して、緊張して、探り合って、ときには共に顔を真っ赤にしつつ、辛い時間ではあったが一方では開城工団と運命を共にしなければならない、運命共同体の同病相憐れむ心を共にした人々である。振り返ってみれば、そのすべての協議と交渉の過程はひとえに開城工団の正常な発展のために互いに避けられない辛い努力の過程だった。

南北当局が対立関係になり、韓国政府が開城工団関連の既存の合意事項を否定するようになって、私は常に彼らの合意履行要求、正常化要求の文書や通知文を受け取って公式の抗議を受ける立場にあった。

すでに政策的に放置され、「洛東江《ナクトンガン》の鴨の卵」に転落した開城工団で独自にできることは何もなかった。すべての手足が縛られていた。北側の持続的な正常化要求と抗議に韓国政府が下す指針は「毅然と対処すること」だけだった。四年間ずっと私は百万坪の工団の中で隠れる場所もなく「毅然と無視し……毅然と回避し、毅然といつも逃げ回っていた」

すでに見捨てられた場所同然の開城工団で、息が絶えていく重症患者の手首を掴んでどうにかして息を吹き返させようと、よくもまあ走り回った四年間。実のところ苦痛の中で息絶え絶えのその患者を見つめているしかなかった。それがもっと大きな挫折だった。にもかかわらず……正常でない形であれ呼吸だけは維持されることを心から、心から願う。

二〇一一年七月二十八日――別れ

「お元気で。キム部長！　本当にお元気で」

力強く差し出した手で私の手をむんずと握り、北側の協力部長が別れを惜しむ。

「ハハ、部長さんこそ本当にお元気でいてくださいよ。お怪我大事にしてください。良い時代が来れば私が必ず平壌《ピョンヤン》に行って部長さんとしたいことがあるんです」

「平壌で？　それはなんですか」

「玉流館《オンリュグァン》でお昼に皿冷麺を食べて、外に出て大同江《テドンガン》の乙密臺《ウルミルテ》でもいいし浮碧楼《プビョンル》でもいいしどこでもいいから大同江を眺めながら部長さんと大同江ビールを心ゆくまで飲んでみたいですね。今日の日を思い出しながらですよ。その席にこの四年間開城《ケソン》工団で私と一緒に過ごした北側のいろいろなメンバーたちを招待して、みんな元気だったかと、間違いなくお元気だったかと、本当に会いたかったと、そう言いながら喜んで挨拶を交わしたいですね！」

「それはずいぶん素朴な夢だなぁ。キム部長サンがそんな願いを抱けばきっとそんな日が来るでしょうよ。来るとも。ハハ。まったく今出て行く人がまた会う希望まで話すなんて。ともかく気をつけて。お元気で。みんなあなたのことをたくさん思い出すでしょうよ」

「二次会は部長さんの家に行って奥様が出してくださる平壌焼酎を飲みながら『平壌の夜よ、明けないでおくれ』の歌に聞き入って……。そんなふうに胸襟を開いてみたいですね」

「いいね！　いいね！　キム部長サンのその素朴な夢を聞いていると、私はもう今からしっかり準備しなくちゃ。そんな素敵な日のことを考えるだけで感激しますな。別れる前からまた会って胸襟を開く計画を立てるなんて。ハハ。みんなうまくいくでしょうよ。うまくいくさ。ハァ。とにかくこうやって去っていくとは本当に寂しい。行くことに決めたんだから本当に立てた志をちゃんと実践するように祈ってますよ。また会えるでしょう。統一祖国のために一生懸命やりましょう」

「部長さん、最後だから、迷惑でなければ写真を一枚撮りましょう」

「そう？　写真ぐらい大したことないですよ！　撮ろうや。迷惑だなんて。ひょっとして南側がこの写真のせいでキム部長サンに何か文句を言ったりしないでしょうね？　ひどく心配になるな。ハハ。さあ、みんな一緒に撮りましょう。早く来て。ハハ」

　こんな風に撮った最後の一枚の写真が、開城工団を出てくるとき心に刻んだシーンである。出境待機線から南側に入って来るとき、広い道路の向こうの管理委員会の事務室の横の隅で、長い間名残惜しそうに手を振ってくれた人々……。開城工団を通して統一を創っていこうとしたあの人たち……。いつの日かきっと平壌で彼らと大同江ビールを飲みたい。

エピローグ

開城工団は奇跡である

一

南北の分断は、北朝鮮に対する韓国社会の認識を構造的な無知と体制的な歪曲の領域にしてしまった。分断の深刻化は北朝鮮および統一問題に対する総体的な無知を深刻化させる。開城《ケソン》工団についての理解も、総体的無知の領域であることは変わりない。

開城工団で働く南側の駐在員たちが語る、開城工団と北側の人々についての生きた話を載せたかった。少なくとも開城工団で直接働いている人々は、開城工団についての正確な話を、それぞれ異なる経験を通して国民目線で話してくれるだろうと考えた。九名のそれぞれ異なるインタビューの内容を見ると、開城工団についての基本的な理解の助けになっただろうと思う。

しかし、インタビューの内容にはそれなりに限界がある。開城工団で働く南側の駐在員たちの北朝鮮・統一問題についての知識は程度の違いこそあれ、一般の国民とさほど違わない。日常的に北側の人々に会って、一緒に過ごしているが、北側の人々の価値観や生活様式、考え方、北側の社会構造や運営原理についてはあまり理解していない。ただ北側の人々と接しながら彼らについての多様な理解と認識を経験する。分断は誰にとっても北朝鮮・統一問題に対する総体的な無知を構造化する。開城工団で働いているため南北関係に敏感で、より関心を持っているのは確かだが、全体的な南北関係や統一の概念と過程などについての無理解はほとんど変わらない。

開城工団の問題は、工団という森を出てみればもっと良く見える。日常的にぶつかる北朝鮮の人々についての理解も、大部分我々の基準と観点、価値観に立脚して判断し断定する愚を犯すのは同じだ。彼らもまた、北朝鮮を見る韓国社会の典型的な観点である敵対的観点、対立的観点、比較の観点、一方的（我々式の観点と基準、価値観）観点、一般化の誤謬（個人的な経験の一般化、特殊の普遍化）、経済主義的な観点などから自由たりえない。

北朝鮮を正しく知るということは非常に難しい領域である。相手の身になって考えるように努力することはできるが、彼らの価値観と考え方、生活様式などについて無知であるために、彼らの立場に正しく立つことができない。これが根本的な限界である。よってもっとたくさん会って、もっとたくさん対話して、もっとたくさん心を開かなければならない。頭ではなく心で会わなければならないし、観念ではなく実践として会わなければならない。そのように長いあいだ共に努力してこそ互いを少しずつ知ることができるようになるだろう。それほどまでに七十年の分断体制は強固であり、厳しい。

開城工団の南側の駐在員たちの中には、南北の違いを肌で経験しながら（体制間の）統一について懐疑的に考える人も少なくない。当然である。日常的な対北敵対の理念攻勢と反統一の論調、統一費用論など歪曲された統一観を適用すれば、だれでもそのように考えうる。しかし実はそのように急激に進行する体制間の統一はない。統一に対する間違った認識である。不可能な統一を念頭に置いているのである。

二

統一は南と北が相互尊重の姿勢で和解と協力、経済協力などの長い平和の過程を通してはじめてやってくる最終章である。すなわち、統一は相互尊重の精神をもとに「和解と協力－南北連合－完全統一」へと続く長い平和の過程である。すなわち、平和が統一なのである。

そのような平和の期間が数十年間続いた後、南と北が互いを本当に正しく理解するようになった時、南北連合を経て完全統一に向かうのである。それが韓国の公式の統一案である「民族共同体統一案」である。南と北は六・一五宣言においてこの統一案の第二段階である南北連合方式で統一に向かうことに合意した。しかし大部分の韓国民はそのような事実すら知らない。統一教育を全くしないためである。

三

二〇一四年十二月北側は開城工団の賃金制度である「労働規定」を改定した。運営の側面で開城工団は南北共同の工団ではない、北側の工団になりつつある。韓国政府が開城工団を長い間実質的に正常でない状況のまま放置してきた結果である。南北の当局の関係が敵対と対立構造になってから予見されていたことである。その間開城工団ではどんなことが起こったのだろうか。なぜ南北の平和と繁栄の前哨基地が、南北相生の互恵的経済プロジェクトであり、平和プロジェクトだった開城工団が、このように正常でない状態になってしまったのだろうか。

実際、南北間には敵対的対立関係があるにもかかわらず、開城工団が維持されていること自体が奇跡である。

少し前に開城工団に行ってきた。開城工団を離れてから四年ぶりであった。正常でない状態が構造化されて、開城工団の風景は「静止画像」のように四年前も今も変わっていなかった。しかし工団を守っている南北の同胞たちは、その厳しい条件の中でも統一と平和の奇跡を黙々と創り続けていた。そうだ。六・一五、一〇・四宣言が否定され、南北関係が全面的に遮断された状況のもとでも、正常でない状態ではあるが開城工団が維持されている状況、それ自体だけでも「奇跡」である。開城工団を守っている奇跡の主人公たちにこの本を捧げる。

キムジニャン

■著者プロフィール

キムジニャン

KAIST 未来戦略大学院教授。北朝鮮・統一問題を専攻した学者で、盧武鉉政権時代に5年間対北朝鮮政策を立案、執行した。その後開城工団で4年間対北交渉を担当した。開城工団に長期滞在しながら北朝鮮社会の構造と素顔を隅々まで見た唯一の学者として評価される。キム教授は国民の幸福の構造的な根本解決法は分断克服の平和にあるとみて、方法論としての「幸福な平和、あまりにも容易い統一」を主張する。

カンスンファン

20年あまりの間公演と演劇の企画及び演出者として活動し、一時アントン・チェーホフにはまって「アントン・チェーホフ」という本を編纂したりもした。それを機に雑誌や新聞に文章を書く自由寄稿家及び客員記者として活動し始めた。現在は金属産業の労働者として工場に通っている。

イヨング

漢陽大学金属工学科を卒業し、現在契約社員として働いている。中学生の娘にとっての良き父親でありたいと文章を書き始め、今回小さな結実を見た。

この2年間開城工団に没頭していた。開城工団で働いている全ての方々にも希望の知らせが届くことを願い、礎石を一つ置こうとしている。

キムセラ

ソウル女子大学で教育心理学を専攻し、子供、青少年のための教養漫画の文章作家として活動している。時々多様な紙面に文章を書いており、編集、企画者としても活動中である。生産し製作するコンテンツが「より良い社会」を創るのに少しでも助けになることを願って……

■訳者プロフィール

塩田今日子（しおだ・きょうこ）

1959年静岡生まれ。東京外国語大学大学院修士課程修了。1986年から1989年まで韓国ソウル大学大学院博士課程に留学。二松學舍大学文学部教授。著書に『ゼロから話せる韓国語』(三修社)、『こうすれば話せるCDハングル』(朝日出版社) など。訳書に『悟りの瞬間』『悟りの門』『悟りの招待席』(素空慈著、地湧社) など。ホームページ http://hontounoaite.net/

毎日小さな統一が達成される奇跡の空間
開《ケ》城《ソン》工《コウ》団《ダン》の人々

2017年3月31日　初版発行

著　者　キムジニャン・カンスンファン・イヨング
キムセラ
訳　者　塩田　今日子
発行者　増田　圭一郎
発行所　株式会社 地《ち》湧《ゆう》社
〒101-0044 東京都千代田区鍛冶町2丁目5-9
電話　03-3258-1251／FAX　03-3258-7564
URL　http://www.jiyusha.co.jp/kaisha.html
印　刷　中央精版印刷株式会社

万一乱丁または落丁の場合は、お手数ですが小社までお送りください。
送料小社負担にて、お取り替えいたします。

ISBN978-4-88503-244-8

First published in Korean by GoTomorrow, Korea
This Japanese language edition is published by arrangement with KL Management, Seoul, Korea

共鳴力
ダイバーシティが生み出す新得共働学舎の奇跡

宮嶋望著

北海道新得町で、心身に障がいをもつ人たちを含む人たちと共に、酪農を中心としたコミュニティを主宰する著者。人と人、人と自然が互いに共鳴し合い、すべてを排除せずに共存する場がある。

四六判並製

ガンジー・自立の思想
自分の手で紡ぐ未来

M・K・ガンジー著／田畑　健編／片山佳代子訳

近代文明の正体を見抜き真の豊かさを論じた独特の文明論をはじめ、チャルカ（糸車）の思想、手織布の経済学など、ガンジーの生き方の根幹をなす思想とその実現への具体的プログラムを編む。

四六判並製

母の時代
深い智慧に生きるために

和田重正著

教育をはじめ、あらゆる人的環境で起こる不気味な乱調―男性主導の知的社会では軽視されてきた母なるものの特性、すなわち人間存在の真実の姿を自覚した人たちこそが現代の危機を打開する。

四六判並製

ラムゼー・クラークの湾岸戦争
いま戦争はこうして作られる

ラムゼー・クラーク著／中平信也訳

米国によって巧妙に仕組まれた戦争へのシナリオ、イラク国民に加えられた想像を絶する攻撃と制裁。元米国司法長官が爆撃中のイラクで見た戦争の実体を膨大な資料と証言によって克明に検証する。

A5判並製

びんぼう神様さま

高草洋子著

松吉の家にびんぼう神が住みつき、家はみるみる貧しくなっていく。ところが松吉は嘆くどころか神棚を作りびんぼう神を拝み始めた――。現代に欠けている大切な問いとその答えが詰まった物語。

四六変型上製